JN148309

# 白石かずこの詩を読む

## 読み手のジェンダーと詩の解釈

# 目次

# はじめに

辻　和人

　詩人で比較文学者の水田宗子氏から白石かずこの詩について対談をしませんかというオファーをいただいたのは二〇二二年七月のことだった。詩に関心を持つ同士ということで私と水田氏はＳＮＳでつながっていたが、私があるメールマガジンに書いた、白石かずこの詩「男根」についてのエッセイが氏の目に止まったのだった。水田氏は『白石かずこの世界—性・旅・いのち』（書肆山田）という評論集の著者であり、白石かずこの詩が取り上げられたことに関心を持たれたのだろう。当初は内輪の会での気楽なお喋りと考えていたが、思いがけず国際メディア・女性文化研究所主催の立派な企画であることがわかり、慌てて白石かずこの主な詩を読み直すことになった。

　「男根」についてのエッセイを書いたのは、性犯罪を告発する #MeToo（ミートゥー）運動が盛んになる中、映画業界における深刻な性被害の実態が暴露され話題になったこと、そしてアダルドビデオに出演する女性の人権保護を巡るいわゆるＡＶ新法が議論されたことがきっかけだった。被害者の救済を心から願うとともに、ふと、女性に性的快楽を謳歌する自由があることが忘れられてはしないかということに思い当たり、白石かずこの有名な詩「男根」について書いてみたのだった。「男根」は一九六五年に刊行された詩集『今晩は荒模様』に収められた詩で、親友の女性にボーイハントの楽しさを教えるという内容だ。当時はスキャンダラスな作品として受け止められたという。この作品について水田氏と考えを交換する中で、次々と話し合いたい新しいテーマが浮かび上がり、対談企画は全三回に拡大されることになった。

　私が初めて読んだ白石かずこの詩は、雑誌に掲載されていた「ヘラクレスの懐妊」という作品だった。まず前衛ジャズを想起させる躍動感のある言葉のリズムに魅了され、屈強な男性が妊娠する存在に変化していくという発想の不思議さに度肝を抜かれた。興味を惹かれ、他の作品も読んでみた。詩的な言い回しで観念を説明していくのでなく、生き物の肌に触れさせるように作者の心の鼓動をダイレクトに伝えてくる。その構成はしばしば変則的で、イメージの飛躍は突拍子もないと言っても良い程だが、それでいて読んでいて抜群の安定感があるのだった。

白石かずこの詩は、身体というものを表現の核に据えている。それはリズムや表記の工夫といった言葉自体の身体性を重んじるというところから、自分や話者の個別の身体の在りよう、戦争や環境といった世界的な現象における命の問題まで、様々なレベルで身体に関わる表現が出てくる。自身がすぐれた朗読パフォーマーとして、ステージで観客に身体を晒しているということもあるし、もちろん、「男根」のような性を赤裸々にうたいあげる詩も書いている。観念的な傾向の強い日本の現代詩において、白石かずこは異質な存在だと言うことができるだろう。

その身体を軸に据えた表現を考える時、ジェンダーの問題に交叉しないわけにはいかない。白石かずこは女性の性的自由をうたいあげた詩「男根」により激しいバッシングを受けた。男性が性を語っても問題はないが、女性が語るのはタブーであるという、当時の（或いは今でも続く）性差別的風潮のターゲットとなったというわけである。白石かずこは男性のジェンダーにも鋭敏だった。戦争に駆り出されて傷つく身体的存在である男性の姿をよく描いている。水田宗子氏は文学者であり詩人であるとともに、ジェンダー学の専門家でもある。著書の『白石かずこの世界』は、白石かずこの詩の世界をジェンダーの視点で読み解いたものとして稀少な価値のある本であり、白石かずこ研究の基礎文献として長く参照されることは間違いない。詩の実作者に過ぎない私は、ここから多くを学ばせていただく他なかったが、同時に、男性という立場から率直な発言もさせていただいた。粗野な実感でしかない私の発言を寛容にも受け止めて下さった水田氏の懐の深さには感謝しかない。

この対談は、白石かずこの代表作の幾つかを、先入観を廃して改めて一行一行読み、読後感を話し合うことを柱としている。久しぶりに読み返して、この作品はこんなことを言っていたのかと、驚くことも多かった。詩を読むということは、ストーリーを読み流すことではなく、書かれた一字一句を味わうことに他ならない。そしてその解釈に正解というものはない。白石かずこを「読んだ」記録として、白石かずこの詩に興味を持つ方々の参考になれば、対談者としてこんなに嬉しいことはない。

付記

本書の校正中に白石かずこさんのご逝去を知り、思わず茫然としてしまった。本書をお届けできなかったことが残念でならない。私は一度だけ白石さんとお会いしたことがある。詩人の集まりのある席で、私は、白石さんがよく共演されていたトランペッターの沖至さんのことを話題にし、白石さんはとても喜んで下さった。そのきらきらした目の輝きが忘れられない。沖さんも今はこの世にいないが、芸術は残り続ける。白石さんの詩の生命は、私たちの読む行為によって、何度でも更新されていくだろう。

# 序文

## 読み手のジェンダーと詩の解釈

水田宗子

## 白石かずこの作品解釈における読み手のジェンダーについて

白石かずこの詩を好きだという男性読者はいても、男性による能動的な作品解釈は非常に少ない。白石かずこの表現は男性批評家による批評活動の外部に置かれ続けてきたのである。今回詩人の辻和人さんが『男根』を詳しく読み、解釈をしていられることを知り、少なくとも私が読んだ最初の男性批評家による白石さんの詩の詳しい分析であることに感激したのが対談のきっかけとなった。三回にわたる対談を通して、読み手である辻さんと私のジェンダーの差異が白石さんのテキストの解釈と表現世界の批評にどのように反映されているか、読者に委ねたいと思っている。

白石かずこの表現世界、そしてそのテキストは、性差と性愛が前提となっている世界で、性差の二項対立による、男性の性の優位性、女性の性に対する権力的抑圧構造を見極め、そこからの脱却への旅が描かれる世界である。

白石かずこの世界では、女性の自己意識と、実存思想における性、つまり性差意識と性愛（関係）の根幹性、日常を生きるいのちにとっての性の重要性と性差の障壁が前提にある。性差の権力構造とその抑圧からの解放と自由を求める志向が思想と表現の根底に置かれている。白石かずこにとって性はポリティックスなのである。

作品「男根」ではジェンダー差別と権力構造を実態として表現し、また文化的に象徴するものとして男根が詩のテーマとして書かれているのである。この詩ではただ大きくてコスモス畑の中につったっている男根は滑稽なものとして描かれ、良い性的相手をハントしている女性から揶揄されていると同時に、憐んでもいられる。男根は単なる性器であって、男性的自我の象徴でも権力の象徴でもない。

白石かずこは男性性を否定するのではなく、その優位性の思想による男性の性が作りあげる権力構造の脱構築を行うのである。性を通して男性性の優位性確立志向が生み出してきたドラマの露出する滑稽さ、その失敗、自由な性愛関係を持てない男性への憐れみを、コスモス畑というどこにでもある田舎の風景と宇宙を一緒にした象徴風景の中に女性たちから選ばれることなく立っているつまらない男根への揶揄として表現しているのである。性による女性支配によって男性性を確立しようとする男性への哀れみと揶揄。彼らの試みが常に失敗することを証明する自由に性ハントする女性の、性とは権力や自我に関係なく、何よりもまず楽しむものだという思想が表現される。あえて云うなら男根は権力とは無関係で女に愛される男の象徴なのだ。

第二回の対談では『聖なる淫者の季節』を読んだ。この作品は性の日常だけが構成する語り手の世界と実存によって成り立っており、全てが性の視点から成り立ち語られる。その世界はジェンダーの権力体制からはぐれものとして外部化されたアメリカ黒人兵の異邦人が主役であり、亡命者、はぐれもの、異邦人、放浪者などの社会構造から追放され、あるいははみ出した男性の、陵辱された尊厳に、女性のはぐれものとしての自身の意識を一体化させる女性の語り手が主役である。

男性はぐれものとの性愛を通して一体化する語り手の物語を語るのが女性ペルソナという詩のテキストの語り手であり主役であるペルソナの存在である。書き手と読み手のジェンダーを超えて、白石かずこの主張、その思想、感性、想像力に共感することができるのは、詩作品＝テキストの世界を構成する主導的主体＝ペルソナの語りを通して物語への共感が可能なためである。

第三回目の対談は『聖なる隠者の季節』に続く『一艘のカヌー、未来へ戻る』の、尊厳を凌辱された男性の亡命者、はぐれものに伴走して旅に出る、放浪する女性主体―ペルソナの語りを論じあい、さらにこれまでの全き性的世界から、性が消失したかに見える『砂族』とそれ以降の作品について語り合った。

自らもはぐれものの女性としての尊厳の主張を、命を看取り、生命の誕生の場を提供する母胎存在としての自己存在意識を表現し、尊厳を守るペルソナの最後の旅を解釈していった。

白石かずこの初期の傑作では女性主体は凝視する女性主体（語り手）により、男性性の失敗への哀惜、新たな女性異邦人としての自己意識への覚醒の同時存在の表現を、即興性と物語性の混合よるテキストに表出してきた。

しかし、後期の詩群ではペルソナは旅する（放浪する）女性主体であり、次第に尊厳を陵辱された男性の旅に伴走するペルソナから、自身の物語のペルソナへと変容していく。このペルソナの語りの変容を通して見えてくる、白石かずこの性意識、いのちと身体観、人間至上主義への批判、消滅する性を持ついのちと身体の記憶の再生の物語を、ペルソナが主導する世界が展開されていく。ジェンダー差別を否定して、性と命を持つ世界をその差異とともに受容する白石かずこの世界が大きな総体性を顕現しているのである。男性優位、男女二項対立文化とその思想への反逆とそこからの解放の旅をペルソナは自身の物語として語られる、女性のセクシュアリティの反逆が形成する詩テキストは、自由な性愛関係といのちの尊厳を根幹とする世界観＝宇宙観を展開している。

白石かずこの詩は、ペルソナの語りによって成り立っているが、語りだけではなく身体的コミュニケーション、言葉以前のコミュニケーションが大きな役割を果たしている。身体、声、音楽、リズム、直接的、即興的表現と、語られた言葉、書かれた文字だけに頼ることがない。身体的コミュニケーションとオヴァーラップする本能的、直感的、生理的、そして記憶依存の表現が多くある。言葉を持たない文化や人たち、そして文化・文明の古層の掘り起こしが「砂族」以降さらに顕著になっていく。対談で辻和人さんが詳しく語っている。

　最後に白石かずこの詩は「場」の重視が特徴である。語る場、その風景、背景のコンテキストとしての記憶の風景が、詩世界の実態であると同時にそのテキストのトポグラフィーとしての意味づけを形成している。都会、砂漠、洞窟、岩山、海、そしてそれぞれの場を具体的に特徴付ける人々の暮らしの風景、その醸し出す雑音、風の音なき音、太陽や月のリズム、遠くの、記憶の底からの声、音波など、日常と自然の総合的な場の創出が、語りと一体化する。それらの受け止め方、解釈はひとえに読者に委ねられているのである。そしてそれらの風景と詩世界の場としての位置付けは、現代批評におけるジェンダーのトポグラフィー、存在意義と思想の位置付けでもある。

　詩の解釈における読み手の視点の重要性は、現代文学を近代文学とわかつ根幹的な変容である。その変容の経緯について簡単に述べておきたい。

## 詩の解釈と読み手のジェンダー

　詩に限らず、文学作品の解釈が、書き手の意図を含む、書くという創作行為から、読み手の読む行為、つまり解釈行為へと傾いたのは二十世紀のモダニズムアヴァンギャルド文学の台頭以後からである。文学表現が、書き手、作者の思想や意見、心情を表現する方法として作品、文学テキストが存在するという見方から、作品は、作家を離れて、読む人の解釈によって多様性を内包している文学テキストであるという、批評の見方が変わっていったのである。

　権力や宗教思想による思想と表現の自由が抑圧されてきた長い歴史の中で、文学作品は、作家の主張が、そのまま書かれるのではなく、主人公や物語、プロット、皮肉やサタイア、ユーモアなどによって、幾重にも隠れ蓑を被った、間接的表現の幅を広げて行き、表現形態として深みと重層性を持つ形式に発展してきた。

読み手の重要性は、一九世紀から文字が読める人口の増加と、中でも余裕のある中産階級の女性たちが、小説の読者として登場してきたことにもよると言われている。小説が、読み物として、知的中産階級のエンターテインメントとなっていったのである。

読み手が主役になっていく過程は、作品が商品として成り立っていく過程でもあり、読み手の存在、そして読者を喜ばせる工夫の必要性を、作者も認めていくということでもあった。

読み手に作品の解釈が委ねられるということは、作品が、多様性を持つということである。一つの作品が幾重にも解釈され、異なった読者によって、さまざまな意味づけがなされていくからである。

読むという行為には、読んで楽しかったか、面白くなかったかという、読者の感想に加えて、なぜ面白かったか、どこが面白かったかという解釈を、読み手が伝える、つまり、読み＝解釈の読み手を持つということでもある。

作品の解釈行為において、作者の意図よりも読み手の解釈が重要になるということは、作家のジェンダーよりも読み手のジェンダーが解釈において重要性を持つことを意味している。読むことは常に「読み直し」という解釈行為である以上、読み手が誰であるか、そのジェンダーが何であるかが、書き手のジェンダーより大きな影響力を持つということである。読み手は、テキストを自分の経験に引き寄せて、それぞれの世界の中で解釈し、それを伝えることで、第二の作者にもなっていく。読み直しによるテキストの新たな生成である。

ここでジェンダーとは、単に男女の性的差異、つまり性別と社会的に構築され文化として定着した男女の性的特質の差異だけではなく、障害者や高齢者、子供や動物を含む弱者差別の総体的構造を意味している。

弱者差別はジェンダー差別の根幹をなす概念であり、行為であって、女性差別はその構造の頂点を形成しているのである。ジェンダーは作者だけではなく読み手の思想から感情までをコントロールする文化的装置として機能している。

読む行為と解釈行為が直接に結びついているのは、読み手の主体が、たとえ極端な場合独りよがりでも、イデオロギーや思想的に偏った解釈であっても、作品を成り立たせる主体であるからで、読み手が納得すれば、それで、解釈はいわば成立するのである。

文学作品を読むことには解釈とさらに批評行為がある。批評は作者の意図、作品構成をはじめとする作者の思想と世界観、文化的背景、テキスト創造の技巧や工夫などを総合的に分析し、文学史や文化史などを含む表現・思想文化と歴史の全体の中に位置づけることを目的とするので、読み手の解釈ほどには直接的、個人的、単独行為ではない。読む、解釈する、批評する行為は、全て読み手の側からの作品へのアプローチではあっても、それぞれ異なった意味づけを持つ読む行為なのだ。

現在、解釈が読み手の個人的な思想、宗教的、文化的背景に大きく依存することは、当然のことのように思えても、実は、二十世紀の新しい、文学と読者、書き手と読み手、作者と批評家の関わりに関する理論的な枠組み形成の過程の所産なのである。中でも読み手の人種、ジェンダー、階級がテキストの読み、解釈において重要性、必然性を顕在化していったのは、戦後、特に一九六〇年代以降のことである。日本文学解釈に関しては、この書き手から読み手へのシフトは、まず女性文学の批評において明らかにされていった。

性差による文学作品の分類化は日本文学ではすでに平安時代から行なわれていた。しかしその性差による作品の特徴は単に書き手の身体的性別によるのではなく、公的な記述や歴史が中国語である漢文、漢字で書かれていたのに反し、女性は漢文を学ぶ教育システムから除外されていて、教養ある女性はかな文字で文章を書いていたのが、女性による物語、日記、紀行などが文学ジャンルを形成するようになって、初めて女手による文学、女流文学という分類化が批評や文学史で定着したのである。したがって、女性文学は女流文学であって、文学作品の本質的な要素が社会文化的な性差に依存していると考えられたのであり、それらは明らかに男流文学とは差異化されるべき特質であると考えられたからである。

西欧文学には女性文学というカテゴリーはないが、二十世紀に至るまで女性作家は大変少なく、ジョルジュ・サンドが自分が女性であることがわからないように男性名を使って書いたという逸話が残っているように、また、近代小説の祖と言われるジェーン・オースティンは、自分の部屋や机はなく台所の椅子のクッションの下に原稿を隠していたと言われているように、文学は男性の表現であり、女性はそこから除外されていたことがわかる。

近代化が進むとともに、女性の自己意識が強くなり、自分の表現を求めるようになっていくが、近代女性作家の多くは女性として書くのではなく、男性と平等な人間として書く、という意識が強かったと考える。女性の自己意識、自我は、女性特有の自我として認識されるよりも、近代的個人としての自己意識であったことは、女性が人権と男性との平等を求めていく過程が近代の女性運動、フェミニズム思想を牽引していった歴史的文脈の中で必然であったのである。

女性の書く、表現するという行為は、作家の自己意識として重要な基盤であり、文学の根幹を形成していくのが近代女性文学の特徴的過程であるが、それはジェンダー化された文化への反論を孕んではいても、ジェンダー化された女性という存在の表現の自覚ではなく、男性中心文化の中で排除された女性の主体性の主張という近代的個人の自我の主張であった。

作家の書く主体が課題化されていったのが近代女性文学の始まりであったが、読む行為の主体が課題化されるようになるのは、書く主体が有識者という特権的な存在であるに比して、読み手という、字が読める上に、労働から解放された時間のある中産階級の裕福な女性たちの興隆という新しい文学受容者の台頭によって、文学が小説を中心とするエンターテインメントとなっていった社会文化的な変容が根底にあるだろう。印刷術や紙の普及によって、読者が小説を手に入れやすくなり、個室で読むことができるようになっていく社会文化の変容も重要な要素となったと考える。

小説は近代になってやっと女も書く人になったが、読み手の増加現象は、それに加えて女として読むものへ変容させていったのである。作品は女の読者の視点から「読み直され」、作家の視点、作家の性差視点に同一化して読まれるとは限らなくなったのである。そしてこの変化は作品の解釈に大きな影響を与えることになる。

作品の解釈がこれまで男性の視点からの解釈だったことや、作者の視点が必ずしも意識的に女性の視点ではなく人間という普遍的な、ジェンダー中立的な視点で描かれ、正しい読み、解釈は「普遍的」、「客観的」、「理性的」読みであるという批評の思想への批判ともなった。作家の性差に関わりなく、読み手の性差は作品解釈に直接的に反映されるである。

さらに重要な点は、作品生成におけるジェンダーの重要性は、作家個人の性差に関する意識よりも、作家、読み手の内面、つまり、思想や感性、感情を形成し、枠組みとして支える文化構造の所産であることである。作家の意識、およびテキスト生成とテキストに意味を与えるのは、文化的、思想的基準（パラダイム）であることなのだ。書き手の内面も読み手のそれも、双方とも、歴史的時代や、文化、地理的背景、読み手個人の社会、文化的背景を含む文化構造の所産であると同時に、作家を創作に駆り立てる衝動や欲望を貯蔵する無意識領域、深層領域が文化構造とその深層領域の所産であることだ。

批評における作者および読み手のジェンダーの果たす役割の不可欠性を主張したのは、日本では第二次世界大戦以降の女性作家の急激な増加が、明治憲法下における家父長制家族制度の中で抑圧されてきた女性の自我の解放と自由な自己意識の自覚によるところが大きく、それは直接的にジェンダー意識の自覚につながっていたからである。

一九六〇年代から顕著になる世界的なフェミニズム批評活動は、この自覚を文学批評に反映させた批評活動であった。いわゆるフェミニズム第二波と言われる一九六〇年代のフェミニズム批評は、それまでの女性の人権、公民権、男女平等を主張する社会的・法的主張から、女性の内面の探求を目指す批評活動であった。女性は公的な場でも、また、家族内においても自由に発言や表現ができない状況の中で、最も個人的な感情や考えは内面に蓄積されていったので、女性の内面は沈黙の領域として存在してきた。男性にとっては公的な場である社会に対比して、家庭は私的な場であるが、女性にとっては、家庭は舅、姑のいる上に、夫は対等な存在ではない場であり、妻という女性にとっては唯一社会的に認められた存在価値を有する公的な場であったのである。女性の唯一の私的領域である沈黙領域は秘密の領域であり、未踏の地でもあったのである。第二波フェミニズムは、その未踏の地を探求し、沈黙領域を掘り起こすことを目標とした批評であった。

女性として読む、女性というジェンダーを視点として読むという批評は、文学作品を新たな土俵の上で解釈され、読み直しされて、世界文学、文学史に位置づけ直される批評として、読み手の主体化を必然とさせたのである。

一九六〇年代後半のフランスにおける文化革命は学問や大学における知的資産のジェンダーの偏りと差別、

その男性中心、男性優位主義、異性愛文化の権威を糾弾して、新たな思想の地平を開拓した。同じ頃出版されたアメリカの文学批評家ケイト・ミレットの著書『性の政治学』は男性作家が自身の自我を打ち立てるために女性の自我を支配する男性的自我の形態を分析して、批評における読み手のジェンダーの重要性を明確にした。

前述したようにジェンダーとは、単に男女の身体的、性的性差を基盤とした社会的、文化的性差の規範や慣習のことだけではなく、障害を持つもの、高齢者や子供、白人以外の人種、植民地の住民、異性愛以外の性差、動物を含む弱者排除と支配・差別の構造を意味している。ジェンダー構造はこのように性差、人種、階級年齢その弱者の頂点に女性が置かれていたのである。この白人男性を中心とした権力構造（ジェンダー構造）はこのように人種、階級、宗教、性差を含む差別の構造なのである。そこにおいて弱者と位置付けられるものは、組織内競争システムにおける「敗者」として位置付けられ、そのジェンダー・差別構造から排除されたものは「はぐれもの」として権力構造の外部の存在と位置付けられる。ジェンダーシステムは、権力構造の勝者、支配階級のホモ・ソーシャル性を形成する構造なのである。

その構造の形成と維持創作に批評も大きな役割をせおってきたし、今もしている。男性で占められる批評・言論界で、男性批評家が女性作家、女性批評家の作品を無視して取り上げない、そして批評の内容を論理的に正当化するために引用する哲学者や批評家たちが全て男性思考の書物であるとすれば、文学批評におけるカノン（規範的作品）は変わらず、しかも再生産され続けるからである。

女性はこのジェンダー差別・権力構造の敗者、排除者の頂点に位置付けられた明白な弱者であるが、同時に、権力体制の内部へ同化する道も用意されていて、その境界線を女性自身が思想と生き方で選択していくこともできる、つまり差別の側に入ることもできる存在としてあることが、ジェンダー差別の複雑性を表している。敗者は支配されるものとして甘んじ、権力構造の差別に忍耐することができれば、怨念と復讐心、権力構造の破壊、地位逆転の隠れた動機を表現の基幹に据えてきたのでもある。

しかし、その構造の外部へと排除されたり、その外部で生きることを選択した「はぐれもの」はそうではない。「はぐれる」ことは国家の権力構造の下で保障される、社会制度の一員、公民としての利益を放棄して、国家の境界線を超えて治外法権領域へ出ていく、山姥か、柄谷行人の言う古代遊動民が典型的で、制度権力の非被支配者となることを選ぶのだからだ。そこではジェンダー制度は機能しないが、社会とのコミュニケーションの言葉も持たないので、その存在を理論化する言論は、それ自体として提供されることはない。言論言語以外の表現から批評が抽出する他ないのだ。はぐれものの内面は女性と同様に秘密の領域なのである。

日本の言論、批評界においては女性文学と男性文学、男性批評家と女性批評家は分断されてきた。前に述べたように女性作家の書く作品は女性文学ではなく、女流文学であり、その性差は身体的性差ではなくジェンダーなのである。男性批評家は女性文学を論じることはなく、女性の書いたものは女性のためであり、女性が論じれば良いという分断が長く続き、現在でもあまり変わりはない。

女性のフェミニズム批評は西欧の活発なジェンダー批評から学びながら、西欧と同じく文学批評の場で、文学者の間で一九八〇年代になって「女が読む」日本文学という形で活発になってくる。女性の批評家はそれまでほとんど不在で、思想、言論、批評界で女性は活躍する場を持てないできたのである。

女性表現、批評における男性・女性の分断は、現在批評におけるジェンダー視点の不可欠性が定着している現在においても、女として書くのではなく人間として書く、自分はフェミニストではない、ジェンダーは創作の視点ではないと主張する作家を生み出しているが、フェミニズム批評が分析のテキストとして取り上げてきたのはそのような作家たちの内面の表現としてのテキストであったのである。

日本における「女として読む」フェミニズム批評は、女流文学に対比させた男流文学論を活発にさせている。女性の内面と同じように男性の内面も家父長制家族の規範に縛られ、個人としての自由を抑圧されてきたのであり、ジェンダー文化構造の所産であることには違いない。しかし、戦後の女性文学における過激で前衛的な女性の内面表現は、抑圧された内面の言語化による表現が、新たな文学表現の地平を開くための必要不可欠な前提であり、根幹であることを、批評は探求し続けることが現在最も必要なことに思う。それを無視することは戦後の日本の思想だけではなく戦後の転換期という重要な時代をかっこに入れてしまうことになるからである。戦後の世界を形成したのは男性だけではない。家父長制家族制度と軍事政権、天皇制政治支配からの解放を最も歓迎したのは女性であり、敗戦と占領による男性的自我の敗北感、陵辱感だけが戦後の復興を支えたのではない。核家族の経済、社会活動の中心化と主婦の形成は、確かに、男性的自我の復興として機能し、女性の抑圧を戦後社会に再度定着させたが、女性は戦後の自我の解放と自己意識の形成を着実におこなってきたのであり、その思想的重要性は批評による文学テキストの解釈と批評によってこれからも組み上げられなければ、戦後は終わらないと考えるからだ。

女性文学とその批評は、男女の思想、批評活動の分断と女性思想・表現の無視という文学テキストの政治学にさらされてきたのである。思想史、文学史における学問研究に関しても同様であったと言えるだろう。女性の思想は哲学や思想書として公表されたのではなく文学テキストの中に嵌め込まれてきたのである。したがって、女性文学の読みの深まりと底に込められた思想の理論化はさらに必要な批評活動なのである。読み手の進化は作者にとってもその創作活動、表現に大きな影響を及ぼしてきた。読者の重要性の認識の深化は、同じく曲者の作者と読者の対峙関係を強化し、文学作品を頂点とする映画や芸術分野でも無視できない時点に到達している。

# 対談1

## 「男根」をめぐって

### 男根中心主義を砕きフェミニズムを超える

**水田宗子**：昨年（二〇二二年）の一月に、『白石かずこ―旅、性、いのち』を手がけてくださった、書肆山田の大泉史世さんが今年五月にお亡くなりになりました。大泉さんは『白石かずこ詩集成』を編集された方です。白石かずこ詩集成（一、二巻）は、白石かずこさんの作品を読み直すにあたって不可欠なテキストになりました。社長の鈴木一民さんとともに、日本の詩出版を支えて来られました。まず初めに大泉史世さんのご冥福をお祈りし、大泉さんと鈴木さん、作品及び創作に関する資料を提供された菱沼真彦さんに感謝を申し上げげたいと思います。

白石かずこさんは一九五〇年代からずっと詩を書かれてきていまして、日本の戦後詩を代表する詩人であることは言うまでもありません。移民として渡られた父母のもとで、バンクーバーで生まれ育ち、太平洋戦争直前に松山に帰られた、いわゆる「帰国者」として日本で暮らしはじめ、北園克衛さんに認められて「VOU」に作品を載せ、モダニスト女性詩人として認められ、その後はこんにちに至るまでずっと、大変、多作な詩作活動を続けておられる詩人です。

この本を執筆するにあたって、大泉さんがこれまでの白石さん批評のリサーチをしてくださいましたが、その時、私はまず、白石さんを論じるまともな批評書がないこと、そして詩作品自体が論じられることがきわめて少ないということに、大変驚きました。戦後の変容期を詩人として創作しながら生き抜いてこられて、そして、戦後詩人の誰よりも早くから多くの言語に翻訳をされて、海外では大変著名な詩人で、しかも、多くの人々に愛読されているにも関わらず詩作品の解読や、批評が日本で書かれていないと言うことは、大変理解に苦しむことだと感じました。

私はその理由の一つが、彼女が、初期の詩から性について書き、中でも、『今晩は荒れ模様』『聖なる淫者の季節』という一九六〇年代に書かれた代表作において、男根、性交、さらに異国人との性的交流について書く「性の詩人」と呼ばれ、バッシングされた時代が長かったことにあると思うのです。そのことに、まず衝撃を受けました。

「日本の女性作家と戦後」という私がずっと考えてきた主題から見ると、吉本隆明、江藤淳などの戦後論の論客たちが、男性作家の作品に戦後思想を見出すことはあっても、女性作家に関しては全く無思想であるかの如く、無視してきたことは大きな問題です。

戦後思想では、戦争加担、転向批判、植民地からの帰還者、復員者、無条件降伏、占領への反応、在日朝鮮人問題、公害、そして、革命思想と伝統回帰の思想などの主題が戦後の日本社会の変容とともに論じられてきたのですが、女性はあたかもこれらの戦後の現実や課題、そして戦後をどのように生きるかについて考えることをしなかったかのように、論じられることはありませんでした。女性の思想と表現の無視が戦後思想には顕著です。吉本隆明は、文学は思想の器であると言いながら、戦後大きく重要な展開を見せた女性詩人、作家に関しては全くと言といいほど触れていないのです。

一九九五年になってようやく加藤典洋さんが、『アメリカの影』で富岡多恵子さんの『芻狗』を扱うまで、結局、女性作家は、戦後思想に全く関係がないかのように批評、言論界で扱われてきていたことがわかります。先ほど司会の方からご紹介いただいた私のイエール大学での講演では森崎和江さんを最初に論じたのですが、森崎さんが、植民地と戦後日本社会への帰還の課題を抱え、労働する女性たちとの協働、女性の産む性の課題、男性同志との性的、思想的関係性などを総合的に戦後の思想的な課題として思考する中で、それらを女性差別の構造の中に位置付けて解放を模索するという、最も基本的な課題から戦後を生きた女性作家だからです。日本の戦後思想は、森崎和江さんの『第三の性』を抜きにして論じることは不可能ですし、宮本百合子、佐多稲子、白石かずこ、吉原幸子、大庭みな子、富岡多恵子、石牟礼道子を除いて戦後思想の展開を見ることは、片翼を無くした飛行機と同じでしょう。

この女性思想の無視が、思想的思考、社会分析と批評に、ジェンダーの視点が完全に欠落していることを示していることは重大ですが、それよりもまず、女性思想を無視するという女性表現の差別をあきらかにすることが課題となります。そしてそのことは、表現、思想、批評、言論界が、男女で分断されていることを明らかにしています。

この分断は、男性批評と女性批評の間だけではなく、海外の日本批評と日本の日本批評の間にも深い溝を作ってきましたし、社会学者と文学者の間の分断でもあり、小説と詩また、フェミニズム運動を知らない世代と女性差別に戦い、表現をしてきた世代との間にも分断を形成しています。白石かずこさんのジェンダー意識は単に女性と男性の関係の課題としてではなく、動物を含めて弱者、犠牲者を、制度の外には み出された存在への差別の構造として見ている点が明白で、そこが白石かずこのジェンダー観の前衛的な視点、思想であると思います。

白石かずこの作品に話を戻せば、男性詩人も、若い世代も、海外の読者も、ほとんどの人が白石かずこの詩を好きだといい、高く評価している一方で、批評の対象として論じる批評家が少ないのです。男性批評家については、女性表現は女性が批評すればいいので、自分達には女性の表現はわからないと言う姿勢が顕著で、作品もまともに読んでいないようにさえ思えます。白石さんの詩は海外の男性批評家には正面から論じられてきているのですが、日本では、論じられるどころか、バッシングさえ受けてきた時期があったのが特徴です。

そのような中で、比較的若い世代に属される辻和人さんが、白石さんの「男根」を正面から取り上げて詳細にテキストを読み、批評された文章を読んで、衝撃を受けました。批評をするひとの世代の違いだけではなく、ジェンダー思想の違いを感じたのです。「男根」という作品は、男根というこれまで詩作品では取り上げられたことのないテーマである、性の、特に男性の性の象徴でもある男根を、むき出しに前景化して、からかい、弄んだようなユーモアで、男根に込められてきた権力を解体する詩です。日常生活ではひたすら隠す、男性の性の具体的な実行器官である男根を詩に書くこと自体が、露骨で、赤裸々な、淫らな性の詩のような印象をまず与えるらしいのです。英訳を見ますと、マンルーツ（man root）と訳されていて、ペニス（penis）とは訳されてはいないのですね。マンルーツには性的なニュアンスは感じられません。それだけ、英語においても、どこかペニスという詩のタイトルは恥ずかしい気を起こさせるものなのでしょう。

フロイトによれば、ペニスは男性的自我、男性性の象徴で、かつ男性的権威、権力の象徴です。ペニスを持たない私たち女性は、自らの欠落を認め、男性性の獲得を試みるペニスエンヴィ（penis envy）を抱いているということですし、男性の去勢恐怖は、ペニスの力の消去に根ざしているというのですから、男根は単に性的な器官である以上に、権力の象徴でもあると云ってもいいのでしょう。男性の性が権力の象徴であると、人間の意識、現代文明の意識に刷り込まれてきたのです。

そのような、男性が敬遠するような「男根」解体の詩を、辻さんが、詳細に読まれて、説得力ある「男根」論を展開されている。そうすると、「男根」の読み方が変わってくるだけでなく、辻さんという戦後世代ではない、白石さんの生きた時代から遠く離れた若い世代の男性が考えている性、そして性差に関しても、新たな視点が表明されているように思います。

フェミニズム批評は、それまで男が読み、解釈してきた文学作品（女性表現のテキストは読んでこなかったとしても）を「女が読む」ことから始まったのですが、男性が読んでこなかった女性表現を男性も読むということ自体に、性に関する時代と思想の変容が表されているのではないか、と強く興味を持って辻さんの批評を読んだのです。辻さんとこうしてお話することはあらためて、「読む」という行為と性差について、再考をする契機になるのではないかと思いました。視点が書き手から読み手の方に移行してきた現代批評では、女性読者が多いこともあって、読み手のジェンダーが重要な視点として認識されてきましたが、それにもかかわらず、男性批評家は女性作家の作品を読み、解釈する批評行為を重要だとは考えてこなかったのです。そのようなパラダイムを変える視点を、辻さんの読みが提供しているのではないか、と考えました。

さらにいえばデリダや、クリステヴァ、バルトなどの現代思想のテキスト解釈では、異邦人意識、遺棄されたもの、周縁化されたものの視点から読むという読みの視点が基本的です。そうすると、読み手のジェンダーというのは、単に、男性、女性の性差だけではなく、さらに多様な性差とその差別の構造を考えなければならないでしょう。

このような課題意識と、読みの面白さに惹かれて、辻さんとの対談が可能になりました。今日はお話を伺うのを大変楽しみにしています。まず、最初は、白石かずこという詩人が、「性的な詩人である」というレッテルを貼られて、バッシングされる中で、自分のことを「ブラック・シープ」だといい、そして、「火あぶりにされた魔女だ」と言って、自己を位置付けてきたこと、そして、性をテーマにすること自体が日本の文壇からバッシングにあってきたことも、今では忘れている人が多いでしょう。そういう中で、辻さんが、私から見れば、あっけらかんと、読み手である自分の差別意識を超えて、この詩をテキストとして読むということの新鮮さを感じていました。まず、辻さんには、その「男根」をどう読んでいて、「男根」についてどういう解釈をしているか、ということから、話をしていただきたいと思います。

## 過激だけど律儀な詩

**辻和人**：辻和人と申します。初めまして。五冊の詩集を出し、詩人のさとう三千魚さんのウェブサイト「浜風文庫」で作品を発表しています。今は双子の育児中で、育児の様子を書いた詩を連載していますね。さて、「男根」という作品は「本のメルマガ」というメールマガジンのコラムで取り上げました。ミートゥー(#MeToo)、性加害を告発する運動が盛んになっていて、私もそれを支持をしているんですが、そこでの「性的同意」という概念の論じ方を見ていると、男性が求めたセックスを女性がどう受け止めるかというケースしか想定していないように見えたんですね。セックスは女性が求めてはいけないのか、性における女性の主体性はどうなっているのか、ということを考えた時、白石かずこさんの「男根」がぱっと思い浮かんだんです。この、女性の性的自由を力強くうたい上げた詩を改めて皆で読んでみようではないか、と。

それでこの「男根」ですが、メッセージとしては当時すごく過激だったと思うんですけど、書き方としてはむしろ保守的というか、かっちりできている詩なんです。作者が言いたいことを、きちんと道筋が辿れるように、比喩でもって律儀に表現している詩です。奔放なイメージを次から次へと噴出させるように書くのが得意な白石さんにしてはちょっと珍しい書き方です。「荒地」スタイルの詩と呼んでもいい。「荒地」スタイルというのは、戦後の詩のグループである「荒地」の人たちがよく使ったスタイルで、巧みな比喩で、ある観念をかっちり丁寧に言い表していくというものです。「男根」も奇抜な比喩を連ねているけれど、何を指しているかが明確で、するする読み解けます。

　ここでこの詩の構成をざっと確認してみたいと思います。最初に、「神は　なくてもある」という一行で始まる。この世界は、神様によって見守られているんですよという、一種の有神論を宣言するところから始まります。その神様というのは、世界を創った後、全てをほっぽり出してあとは人間に任せる、という、そういう寛大な神様なんですよ。神様がくれたものを使って楽しくやろう、という楽天的な意識ですね。次に、スミコさんという女性が出てきて、白石さんの友人だった詩人の矢川澄子さんのことかと思うんですけど、彼女の誕生日のお祝いを忘れたから、その代わりに男根の種子を贈ろう、と。要するに、ボーイハントのコツを教えよう、ということですね。その男根の種子はコスモスに撒かれている。コスモスは宇宙、つまり世界のことだと思います。コスモスの真ん中にいる男根はノリが悪くて動こうとしないけれど、コスモスの端っこにいる男根は元気が良くてノリがいい。真ん中にいる男というのは、権威的でいけ好かない男ですよ。出世競争に明け暮れるような。そういう男は相手にしないで、酒場やクラブなんかでたむろっている気の良い男たちと一緒に楽しいことしようよ、と。それで、ここは問題の箇所だと思うんですけど、「男根には　名前もなく　個性もない」と書いてあるんですね。ボーイハントして男の人と楽しむんだけど、別に、一人一人にとらわれる必要はない。ワンナイトでいいじゃないか、と。気の良い連中と、一晩盛り上がって、次の日、楽しかった、ありがとう、さようなら、でいいんじゃないか、ということを、この詩の話者は言うわけです。ハントした男たちについては、「それは若く陽気で／巧まない自信にみちている　ので／かえって　老練な微笑の影に似る」と書いてあります。コスモスの真ん中にいる権威的な男と違って、相手のことを察するのがうまいし情が通じる。そういう男の方が権威的な男より成熟して見える、ということでしょう。で、ここも面白い。「男根は　無数に生え／無数に　歩いてくるようだが／実は単数であり　孤であるいてくるのだ」。男はたくさんいるけれど、男という点では皆一緒。一人の男にとらわれて、恋愛に縛られる必要はないよ、女の側が主導権を握って、いろんな男と自由に性的関係を結んだっていいんだよ、ということですね。で、最後は、いっぱい遊んで痺れるような快感を味わっているスミコさんを抱きとめてあげたい、と締めくくられる。痛快です。ざっくり言えば、セックスというものは基本的に気持ちのいいものであって、気の合う相手であれば、女性が求めたい時に求めてもいい、という内容ですね。セックスの負の面が論じられることの多い現在、この詩をもう一回読んで欲しいかな、と思った次第です。

**水田**：コスモス畑、そして最初の神があるようでないんだというのが主題だ、という指摘ですが、神は自分は消えて代わりに、借金と男根だけを置いていったというのがいいですね。

**辻**：ユーモアがあります。

**水田**：借金というのがいいと思います。コスモス畑の端にいる男たちははぐれものだから、お金がなく、大抵、どこかで借金を背負っているのですよね。その日暮らしで、誰かから借りて、やっている、そういう人たちの男根はいい。コスモス畑の真ん中で威張って立っている男根は、借金はないけれど、よくもないと。借金をメタフォアと取ればもっと深読みが必要ですが、痛快ですね。辻さんより強く、私が思うのは、このペニスを、男性的自我のシンボルとして男女も内面化してきましたし、文化がそうさせてきたということです。男性は、性的な力を通して、自分の主体や、自分自身の男性性を認識し、それによって、相手の女性を女たらしめてきた。そういう意味で、「男根」にこめられていた象徴性―男性的自我と権力への欲望というのは、女性にとっては抑圧としてあるのです。女性はペニスエンヴィという欠落を女性としての自己意識の根底に持つとされ、その、ペニスがないために遺棄もされるし、また、ペニスを持つ男性の代理をしていく。そして、ペニスを持つ父の代理として男を好きになり、男の子どもを産みたい、と思うというフロイトの解釈の中には、女が、単に快楽の対象としてペニスを求める、という理論は不在です。ペニスを求めるのは権力を求めることでもあるのです。ペニスの持つ権力の象徴性を脱構築しているのが、白石さんのすごいところで、それが、女性による性の快楽の追求だと辻さんは言っているのですね。

コスモスというのは、辻さんがおっしゃったように宇宙でもあるけれど、田舎によく咲いている野草で優しい花でもあります。中央にやってきて、だんだん大きくなって、そこで突っ立って、動かなくなっちゃう、という男根は快楽をもたらさないからハントとしてはいけないと。こんなのに囚われないで、いい人を探しなさいよ、というわけだから、それは辛辣で皮肉です。男根を揶揄してもいるのです。男根から権威と権力と、自我達成感と自己満足と、全部取られちゃったら、残るのはただの性器でしょう。単なる女性の快楽のおもちゃにされてしまっているように感じて、男性が読んでいて、嫌なんじゃないですか?

辻：全然嫌じゃないですよ。その、いわゆる男根の権威を笠に着て威張っている人たちというのは、むしろ、大抵の男性にとって、嫌なヤツですよね。無理な仕事を命じたり怒鳴り散らしたりする、高圧的な上司を思い浮かべてみるといいと思います。白石さんが書いているのは、そういう嫌なヤツは相手にしないで、気の良い仲間たちで「楽しくやろうよ」ということですね。白石さんはここでフリーセックスを提起しています。フリーセックスで大事なのは相手と信頼でもって結ばれているということです。フリーセックスが成り立つ条件は、相手との間に権力の差がなく、対等であるということ。お互いのしたいことをし、どちらかがしたくないことはやらない、そういう安心感があるからできるわけですね。だから、権威的な男根は相手にしない、自分を楽しくさせてくれる男根を相手にしよう、となる。私は男性ですが、男根から虚飾が剝ぎ取られる様は痛快に感じます。

## 近代女性思想へのテロ行為

水田：男根を相手にしながら、白石さんのように性の持つ象徴性、中でも強い男根に込められた権力と男性的自我の一体性を剝ぎ取られた性を書いた詩人はいないですよね。ヘンリー・ミラーにしても、ミラーの恋人だったアナイス・ニンにしても、性を書いた作家たちは、やはり、男根は「性の力」での自我形成の手段なのです。それに同調し、加担する女性の性が必要なのです。ファロセントリック（男根中心主義的）な考え方の根拠だと思います。

それを、白石さんは見事に、打ち破っているように思います。男根を誕生日祝いに贈られるこの「スミコ」は、今、辻さんがおっしゃったように矢川澄子さんですよね。矢川さんは、けっして性的に委縮していた方ではないし、性的抑圧を感じていた方でもないと思うのですが、結局、一人の男性に、全人間的な存在として向き合う、そして、その人の性も含めて思想も感性も、総体的にその人を、深く愛し、関係を持ちたいという、いわゆる、近代における恋愛幻想を強く持っていたと思います。そういう人に対して、お誕生日のプレゼントで男根あげましょう、というのは、本当に滑稽ですが、実はパンチが効いているプレゼントで、近代の女性たちを縛ってきた、新しい男女関係の理想としての恋愛、つまり恋愛幻想を、壊しなさいという、いわば、爆弾テロみたいなものなのです。男女は性的な結びつきだけではなく、精神的な、人間として対等で、平等な関係で、それを可能にするのが、自由恋愛だというのは近代主義の理想です。近代女性思想の持つ理想と幻想です。そのような生真面目な、大抵は幻滅と失敗に終わってきた恋愛理想に対して、白石さんは、テロ行為をしているのですね。

辻：関係が対等であって縛られないということはすごく重要ですよね。

水田：もちろんね。しかし、ジェンダー文化と制度の中で、男と女が対等に性を享受するのは困難です。権威から離れた周縁にいる「男根」は、「はぐれもの」たちの男根、権威を持たないだけではなく、権力制度の外、あるいはできるだけ端っこにいる人たちのものですね。女性も同じはぐれものの意識を持たなければ、つまりジェンダー社会、競争社会の中での上昇志向を解消しなければ、男根のプレゼントは無用の長物です。

辻：恋愛幻想というのは、相手に対して、アドバンテージを与えてしまうことで成り立つ面があると思うんですよ。相手の存在が自分の存在より大きくて、のめりこむ、とか、尽くす、とか、相手がいなかったら、自分はもういないというような感じだと思うんです。白石さんは、相手は相手、自分は自分。だから、すごく気持ちがいいです。逆に言えば、変な負荷もないわけじゃないですか。負荷というのは、女性をリードしなければならない、一家を一人で守り切らなければならない、といった家父長的な重圧のことです。

少しズレますが自分の話をすると、私、双子の子どもが生まれて、半年間育休を取りました。会社は男性社員の育児を認めて応援してくれて、いろいろサポートしてくれました。とてもありがたかったです。ただ、社会全体の風潮として、ここまでくるのにだいぶ時間がかかった。男は、家庭はどうでもいいから擦り切れるまで働け、というのが、たぶん、高度経済期から二〇〇〇年代まで、ずっとあったと思うんです。で、白石さんの詩には、そういう重圧から解放させてくれるようなところがあるんですよ。無理な命令に屈従する必要はないし、男女関係は対等であって、気を楽に持ってお互い助け合っていけばいいんじゃないかという、男としてはそこが気持ちがいいんですね。

水田：白石さん、決して男性を否定しているわけじゃないですよね。男性的と云われるものを内面化してそれに縛られている男性も女性もかわいそうだとは思っても、男性の性自体を否定しているわけではない。男性嫌いではないのです。この「男根」という詩の中で、ターゲットを、男根に絞っていて、そういう意味では、性の快楽の勧めは、女性にだけではなく、むしろ男性にも向けられているのではないでしょうか。性を自我と男性的力と権力の道具と考えている限り、性は快楽にはなれません。常に競争や、劣等感や去勢恐怖に付き纏われ続けるでしょうから。性の快楽は、白石流に考えれば、明らかに、はぐれ者同士の性でなければもたらされない。性は平等であることが前提ですから。どこかに優位性がついちゃうと、対等な快楽は成り立たない。権威とか権力とか、政治性を持つパワーは、抑圧的で、自己主張的です。そういうものが入ってくると、快楽はない、ということは、男女とも同じでしょう。

それから、人間を全体的に支配する、というのか、自分のものにする、とか、自分の自我を相手の内面に注ぎ込んで、相手の自我を溶解させせよう、というような一体化を希求する近代恋愛というようなものはもう成り立たないのだ、ということを、言っているんでしょうか。性を通して、近代を越えている、というのですね。これ、女性が読むと、爽快なんですよ、本当に凄いなあ、と思う。理論を言っているのではなく、果然として実践しているのですからね。でもこの爽快感は、むしろ男性も同じに感じる感性は、当時は稀れだったのではないでしょうか。権力とジェンダー文化の抑圧から解放される爽快感、自分の内面が自由になる開放感。

しかも語り手の語りに、性的な、澱んだところがないでしょう？　さっきおっしゃった「荒地」スタイルという指摘は、すごく面白かったけど、確かに、そうかもしれない。だから、私もすごく清々しい思いで読みました。男根の象徴性の解体は、制度の解体なのです。

辻：これ読んで不快感全然ないですよ。平等な立場で、お互い縛らず、仲良くやることの楽しさですよね。

水田：でも、男性は、どちらかというと、古い家父長制家族の時代、日本も、ヨーロッパも、子孫を残すことで男性的自我を達成するための家族と、そして、性的な快楽とか自由は、家族の外で求める家とその外部、妻と娼婦の自我の二重構造、セイフティネット体制を作っていたのです。女性にとってはそういうものが無かっただけではなくて、女性が、その家父長制家族の性規範の抑圧から出る方法というのが、恋愛なんですよ。性的快楽のために恋愛するのではないのです。その恋愛はほとんどの場合、『ボヴァリー夫人』にしろ、ローレンスの『チャタレー夫人の恋人』や『恋する女たち』にしろ、みんな不倫です。結局、女性にとっては恋愛を通して、自分を解放していくのが唯一の自己認識、自己主張の道だったのだと思います。でも、男性の場合は、性規範に縛られない性の解放は、いつでも家族の外に社会が用意していた。そう考えると、現代を生きる辻さんが、女性と対等に、女性が納得して性の快楽を分かち合うことを解放だと思われるのは、現代社会が大変競争社会で、個人が自由に生きにくくなっていて、男性は家族が私的な避難所である幻想を、かえって強く持ち続けている、のに、その幻想が砕かれていっている、ということを示しているのでしょうか。

**辻**：うーん、今もその幻想は根強いとは思います。

**水田**：女性は家事育児と同様に仕事もしなければならなくなっていますが、男性も家事育児をする「イクメン」であることを要求されてきている。家族に対して白石さんの時代とは違った考えを持っていられるでしょうが、やっぱり、家族というのは縛りじゃないですか?

**辻**：家族も楽しくやる仲間だと考えればいいと思うんですね。家族といえども個人の集まりですからね。白石さんの作品の核にあるのは、しがらみに縛られず、対等な関係で、互いに偏見を持たずに仲良く共存するということだと思うんですよ。性的関係においてもそうだし、民族間とか地域間とか貧富の差とか有名無名とか、そういうのを全部乗り越えて、平等であって対等である、それが白石さんの詩の思想の根本にあると思うんです。それでいくと家族というのも、好きで一緒になった仲間同士なわけですよ。そういう意味では、解放感を与えてくれますよね。家父長制で、絶対自分がリードして、みんなを養っていくんだ、みたいな意識は一つの重荷ですよ。日本の男性文学者、夏目漱石も志賀直哉も高村光太郎も、みんなそれに悩んできたんじゃないでしょうか。白石さんの「男根」はそういう悩みから解放してくれる。男はそんなに肩肘張らなくてもいいんだ、と。もっと気楽に人生を楽しめばいいんだ、と。それが、痛快なんですね。

水田：白石さん、威張る男の人、本当に嫌いでね。また、「闘う家父長」は哀れだと思っていたですしね。

辻：そうそうそう。

## 放浪するはぐれものの様態

水田：白石さんはどんな人でも、ちょっとでも、権威をひけらかしたら、大嫌いになる人ですから。そういう意味で、徹底的な、はぐれものの感性の持ち主なんですよね。デリダの言う、異邦人でもある。白石さんの詩で、私が素晴らしいと思っている詩に、「My Tokyo」があります。私の白石論の中では、T・S・エリオットの「荒地」と比べているですが。T・S・エリオットの詩は、第一次世界大戦が終わった後のロンドン、みんながバラバラになってしまって、男性、女性の、モラルコード（moral code）と性的な規範もわからなくなって、誰もが心に傷を負っていて、戦争から帰ってきても、帰るところがない、その人たちの会話や独り言みたいな言葉で、ずっと繋がっていって、誰もが尊厳も体も傷ついている、性的にも、精神的にも不能になっている、そして、最後、救済の雷の音は聞こえるけど、実際に雨はやってこなかった、という作品です。それと同じように第二次世界大戦後の日本の精神的傷と荒廃を、白石さんは「My Tokyo」の中で、東京の地下を動き続ける地下鉄に乗って迷走するペルソナに託して表現しています。白石さんは戦後の住宅事情もあってか、一人になる場を求めて、地下鉄に乗りながら詩を書いた、と言っています。その中で、地下鉄は女性の胎内だと位置づけていて、意識下の暗闇の空間、出口なく、ぐるぐる、移動し続ける空間として、出口の見えない女性の閉塞した内面を描いています。この「移動」が、一つの大きな白石さんのテーマです。定着ではなくて、移動する、と。これは女性を家に定着させる規範の反措定ですが、放浪する女性ははぐれものの様態です。

女性の体内には、時代の変容の中で、精神を破滅させてしまったたくさんの芸術家や、名もない詩人、音楽家たち、はぐれものが移動しては消えていくと、そういう人たちに対する、オマージュを書いている詩だと思うのです。地下の空間は子宮でもあり、胃袋でもあり、女性の身体、胎内の、詩の発生する場になっています。地下鉄の終着点が見えないぐるぐる移動するリズムは、やがて、地下の空間から外に出て行きますが、それが語り手の血流の動きでもあるように書かれているのです。その波動のリズムが、ジャズのリズムと結びついています。白石さんの、ジャズから受けた影響はよく言われていますが、「男根」にも、やっぱり移動している放浪者の、リズムがあるでしょう。最終的に、白石さんも正真正銘の放浪者として語りますが、初期の作品では放浪する亡命者、逃亡者と一緒に走るわけですが、その時も、ジャズの即興性と、その移動と放浪のリズムを感じます。

白石さんの表現が心地よいのは、ジャズに関係あるのかと思いますが、どうでしょうか。辻さんは音楽をご自分でも演奏されているし、ジャズに関してはよく知っていられるので、そのところをお話しいただけるでしょうか。

白石さんは『男根』で権威を欲望し、誇示する男性と男性優位思想に依拠する文明に対して鋭い、本格的な批判をしているのですが、同時にそれに取り憑かれている者たちへの哀れみも深く感じていいて、その表現が揶揄とユーモア、身体的日常の行為によっていて、観念的ではないのです。彼女の表現の、言葉以前のようなところ、身体的感性に訴えるところ、そういうところが、ジャズと結びついているような気がするのですが。白石さんの詩を読むことと、ジャズを聴くということは、繋がっているんでしょうか？

辻：白石さんは、非常に若いうちから、ジャズやポップミュージックを聴いていたと思うんですね。北村太郎が白石さんの詩を論じていますが、クールジャズみたいだ、という言い方をしています。白石さんは、職業ライターとして、音楽をいっぱい聞いて文章を雑誌に発表していました。聴くプロと言えます。そして詩人白石かずこは、何と言っても、言葉の音楽家として素晴らしい。思いがけないところで改行したり空字を導入したり、普通なら漢字で書くべき言葉をカタカナ表記にしたり、外国語の直訳のようなこなれていない言い回しを故意に使ったり、突拍子もないイメージの転換を図ったり、言葉を常にもつれさせ、それでいて全体としてはスムーズに流れる、独自のリズムを作っていくんです。「非常に」みたいな言葉を、日本文としては不適切なところにわざわざ入れるとかですね。これは私の勝手な考えなんですけれど、モダンジャズで、レイドバックというリズム法があるんですよ。どういうものかというと、ジャズを聴く時に皆さん時々感じるかもしれないんですけど、拍子を刻むベースの音よりもほんの少し遅れたタイミングで、サックスとかトランペットとかのソロ楽器の音が入るんです。ベースとソロがほんのわずかずつ、正確にズレていく。そのズレが、複雑にして心地よいグルーヴを生むんですが、白石さんは、言葉でそれをやっているんじゃないか、と感じるんですね。だから、白石さんの詩というのは、疾走する調子で書かれている時でも、もたった感じがある。疾走しながら、もたっている。これは不思議なリズムですよね。同時代でジャズにハマッた詩人はたくさんいると思いますが、これができた人は白石さんだけだと思います。

例えば６０年代の吉増剛造は叩きつけるような激しさで言葉を書いていく。走って走って走り抜く。ですが、白石さんは、大胆にタメを作りながら押しては引く感じなんですね。

水田：そう。白石さんの朗読をもう一度聴きたくなりました。

辻：唐突に不思議なねじれを導入しても、全体に違和感がない。

## モード・ジャズ、音による母性論

水田：他に、そういうことをしている詩人というのは、いないんでしょうか。

辻：見たことないですね、表記の面白さなどで言葉の音楽を聴かせてくれる詩人はいるかもしれませんが、ジャズやポップスの「グルーヴ」に似た雰囲気を、ここまで豊かに言葉でやってみせてくれる人は、私の記憶では他にいないですね。

水田：白石さんの長編詩は特にそのジャズのねじりがあるのでしょうね。短い詩もあるのですが、彼女の詩の根幹を成しているのは長編詩でしょう。彼女は、長編詩について、エッセイを書いていますが、そこで、最初に予兆があるんだ、と言っています。その後は、ずうっと、その予兆に引き摺られて自然に続いていく。それが、辻さんの言われたジャズの、演奏の仕方というのと、マッチしていると思いました。さっきおっしゃったような、「もたっている」というところは、繰り返しが多いことですよね、ちょっとずつ、違いながら、繰り返し、繰り返し、出てくる。それが白石さんにとってはすべてが旅の途上であるということにかかわるのではないでしょうか。そして、急に人の名前とか、土地の名前が出てきたり、反対にわからない外国語が出てきて、どこだかわからなくなって、空間が浮遊するところとか、語りの背景に風景がありますね。旅をしているから、いろいろな風景が移り、違った景色がどんどん入ってくる。その名前や言葉の音と、風景と、それらは、確かに、移動しているリズムですね。言葉以前、というか、言葉を超えた表現ですよね。

辻：白石さんは、ジャズやポップミュージックのやり方をすごく真剣に学んで、それを詩に活かそうとしている、これは間違いないところだと思うんです。彼女が非常に入れ込んでいるのはジョン・コルトレーンというサックス奏者ですが、この人の音楽は、北村太郎が言ったようなクールジャズではありません。

水田：そう！　私もそう思います。クールジャズじゃないと思います。

辻：モードジャズなんですよ。モードジャズというものをぱっと説明するのは難しいんですけれども、ざっくり言うと、ちょこちょこコードを変えるんじゃなくて、一本のモード、音列をもとに即興演奏をするんですね。そのモードの中にある音なら何でも使っていい。で、コルトレーンの場合、特に後期コルトレーンの場合は、モードの中の音がしっかり鳴っていれば、自由にそこから逸脱もできる、という演奏法なんです。どんどん逸脱しても、適当なところでモード内の音に戻ってくれれば、全体として統一感が出るわけですよ。戻ってこられる一本の太い線があれば、いつでも逸脱することができる。それで私は、ちょっと飛躍し過ぎかもしれませんけど、これと、音による一種の母性論だと思っているんですね。回帰できる母胎があるから思う存分飛躍ができる、ということです。

水田：母胎が実際にあるのではなくて、帰趨願望のように常に呼び起こされているのでしょう。

辻：白石さんが入れ込んでいる、もう一人の重要なミュージシャンに、ジェームズ・ブラウンという人がいます。ソウルミュージックの人ですね。で、ジェームズ・ブラウンの音楽というのは、聴かれた方いますかね？　品がいい音楽じゃないです。代表曲は「セックス・マシン」ですからね。(笑)。ジェームズ・ブラウンの音楽の構造というのは、リズム・セクションはもう、単純なパターンを延々と繰り返している。で、延々と繰り返す中で、ジェームズ・ブラウンが実に自由に歌ったり、シャウトしたり、踊ったりするんですよ。これも、一本の太い線があって、逸脱がいくらでもできますよ、という音楽。白石さんはこのやり方を学んだのではないかと思うんです。

水田：ブラウンの音楽には逸脱というか、外れていくのが繰り返され続けますね。それが音字リズムの繰り返しと同時にあるのですね。

辻：白石さんには『一艘のカヌー、未来へ戻る』とか『聖なる淫者の季節』とか『砂族』などの詩集において、「カヌー」「淫者」「砂族」というような、一本の太い線となるイメージがあれば、その他はどんなことをどんな風に書いても大丈夫という自信があって、あの長編詩を書いていると思うんです。

**水田**：それらの詩へ到達するのはまだずっと先ですよ。クールジャズというのは、ホワイトジャズとも言われていましたが、私も、６０年代の初め、フルートのハービー・マンのなどグリニッジ・ヴィレッジで聴いていましたけど。白石さんは、やっぱりそうじゃない。本当に、おっしゃるように、一本の線が、こう、感情と、テーマと、それからモードの線があるんですよね。だから、繰り返しのように、思えながら、さっきおっしゃった、「もたっている」というのが、面白いけど、こう、少しずつズレながら、後からやってきて、という、その太い線が流れ続けているのですね。でもそれは一つの世界を作り上げる、即興的なジャズと似た一つの詩作品、長編詩の作り方で、この書き方は、むしろ後期の『砂族』や『浮遊する都市』にさらに顕著になっていきますね。

**辻**：そう、ズレながら悠然としている。

**水田**：で、それが、旅に結びつき、テーマの繰り返しと、即興性と、身体的移動や動き、具体的な記述と不明な言葉や場所の飛び込み、日記的な記録と夢想や幻想の混合という後期の長編詩、物語詩を作っているんですね。

**辻**：そうだと思うんですね。

水田：彼女の長編詩は、何度も読んでいても飽きないし、わかんなくなっちゃうこともないんですよね。具体的に分からない箇所があってもです。

辻：いろんなものが飛び出してきても、母体となる言葉がしっかりしているから迷わない。

水田：すごく気持ちがいいんです。繰り返されても、飛躍してもいくのですが、感情がどっかに飛んじゃったままということがないのですよね。

## 都市の非情、脱出と旅

辻：ここで「My Tokyo」について私なりの意見を述べますと、「My Tokyo」は、結構複雑な構成をとっていると思うんですよ。最初に今は釈尊のような醒めた気分でいる、という宣言がなされ、次の連になると、いきなりニューヨークの話なんですね。版画家の池田満寿夫と当時恋人だった富岡多恵子が、ハングリー精神でニューヨークで頑張っている。一九六〇年代は、白石さんは詩人の富岡多恵子さんと大変親しい友人の間柄にあり、お互いに影響しあっていたと思いますが、そこから東京に来るんですよね。地下鉄に乗っていろいろなところに移動しながら、東京のアンダーグラウンドな魅力にのめり込んでいく。そこに古代エジプトのような悠久の時間を感じたりする。だけど、最後の最後になって、東京に飽きてくる。飽きてきて、他人の顔みたいな感じがすると書いてある。ここのところは、すごく白石さんらしいな、と思うんですよ。東京は刺激がいっぱいだけど、その陰で、見捨てられ破滅していく人がいる。その非情さ、都市の非情さが、白石さんはどこかで嫌だったのではないか、と私は感じるんですね。

水田：だから、「My Tokyo」の後、彼女は、一艘のカヌーで、出ちゃうわけですよね。

辻：そうなんです。

水田：Tokyo も地下鉄の自己意識もだんだん遠くなっていて、釈迦牟尼の姿も、顔を垂れているというようなかたちに変貌していくのです。戦争の後の、傷ついた被害者の、グルーミーな、出口の見えない風景から抜け出ていく、という形で、都会を離れ、旅に出て行く、物語に移行していくのですね。でも結局はその旅は、亡命者に伴走して、彼らの内面を深く理解していく旅でもあるのですね。脱出と旅、そういうところが、白石さんの出発点の一つだと思います。ここで一つだけ富岡さんのために言っておきたいのは、富岡さんは、確かに頑張ってはいるんですよ。だけど、「ニューヨークでは、何もすることがない」という詩を書いていて、それは、白石さんに対する反論なんですよ。富岡さんは天真爛漫に頑張っているのが楽しい池田満寿夫から離れていって、最後は詩をやめちゃうところまで行くんです。この時期に。確かに白石さんは頑張らない。頑張ることは彼女の哲学ではないのです。富岡さんも白石さんにも、夫の自我追求の頑張りのために、家庭に閉じ込められた、自我の閉塞感に鬱々とした時期があり、そこから抜け出していく過程が詩の世界の展開でもあったわけで、『男根』に至りつき、その後、『聖なる淫者』に行くのは、思想的な発展の過程でもあるのだと思います。

辻：白石さんは、他人に対して愛とか情がすごくある人だと思うんですよ。その情がない場所は、どこかで気に入らないんですよね。だから、東京の文化はすごく好きなんだけど、情のなさみたいなものに、ある意味限界を感じて、世界へ飛び出して、そこで、いろんな人と出会っていく、そういうような道筋が感じられますよね。

水田：そうですね。「男根」にも情けがありますね。「My Tokyo」がすごく刺激的で、モダニズム的なのは、地下の闇の世界を女性の身体として考えているからです。そこは胃袋でもあるから、消化もしようとしている場で、地下鉄の音は、ごうごうと、血液が流れていく音であり、そこはまた子宮でもある、ということを言っているのです。それでもこの詩は時代の非情さによって精神と生きる意欲を消耗させていった最も良き魂を哀悼する詩なのです。それが女性の戦後詩の出発点に置かれていて、そこがエリオットの『荒地』と決定的に違うところなのだと思います。エリオットの荒地が戦後詩のキャノンの頂点にあるとすれば、白石さんの『My Tokyo』は女性の戦後詩のキャノンの原点です。東京の地下鉄から出て行くことは、結局、敗者のジェンダー、そして女性のジェンダーに閉じこもった身体と内面からも出て行いくという表現でしょう。都市のアンダーグラウンドを満たす精神の闇、傷を内包する内面に閉じこもるのではなく、身体的な脱出と解放から始めていく、という内向的に傷という秘密を抱き込み消化しようとする女性の精神性からも抜け出して行く。その後の、亡命者たちと一緒に走って行く旅の詩の語りは、ペルソナに託されますが、亡命者は語らないのです。『My Tokyo』で哀悼の気持ちをただ表していた脱落者たちの旅につきそうのですから、白石さん自身の転換を表してもいるのです。白石さんが好んで朗読をしてきた「My

「Tokyo」もジャズがリズムでしょう。

辻：当時ジャズはアンダーグラウンド文化の華でしたからね。

白石さんは詩の朗読でも世界的ですよ。フリージャズのミュージシャンとよく共演されてますけど、ジャズの構造を深く理解して、ミュージシャンの出す音に敏感に反応しながら朗読されるので、世界の名だたるミュージシャンがみんな彼女に一目置く、みたいなところがあります。

水田：そういう詩人はあんまり聞いたことない。そうすると、白石さんの現代詩というのは、口語体の言葉を、旅の実際の風景と旅する身体を通して視覚化する、ということでしょうか。視覚化された言葉はまず文字となる。文字というのは、記録するための文字で、目で読むための言葉ですよね。そういうところから、白石さんは出発しているんですね、だけど、まず、それが、話し、語られる言葉、口語体の世界に還っていく。相手に対して語りかけるのは、言葉だけではなく、身振りだとか、声の音やリズムであり、そういう言葉以前のところまで、還っていくのですね。言葉だけを追っていると詩全体の意味が取れなくなってしまうのです。旅の日記なのですが、言葉以前の根源的な、表現の部分に多くを頼っているのです。それが、白石さんが共感する、文明から追い詰められていく野性動物の行動や声や叫びとも重なっているような気がします。

## なぜ白石の詩は論じにくいのか

辻：逆に言えば、そこが彼女の詩を論じにくい理由でもあると思うんですよ。エリオットの「荒地」にしても、日本の「荒地」グループの詩人にしても、抽象的な観念を綴っていくというタイプの詩だと思うんですね。その観念というのは、社会批評だったり文明批評をベースにしている。そこに作者の肉体というものは余り介在してこない。北村太郎の詩にはちょっと出てきますけど。それに対して、白石さんの中期以後の詩は、固有の身体を持つ話者が、どこに行って、誰に会って、何をした、ということを記録した一種のドキュメンタリー詩だと思うんです。そのドキュメンタリーの中に、大胆に非現実的な時空を導入したりするから、ますますスケールが大きくなって面白くなるんですが、基本的には、彼女の固有の身体が基になっていると思うんです。それで「荒地」の詩に慣れた現代詩の批評家は、観念をメタフォアでとらえるのが詩だ、という思い込みがあると思うんですね。そうすると、白石さんの詩はそこから外れるので論じにくくなるんじゃないか。

水田：女性の身体は、いつもメタフォア化されてきましたからね。

辻：白石さんが書く、肉体を主軸にした詩というのは、そういう論者にはいまいちわからない。魅力は覚えるんだけど、とらえられない。

水田：白石さんの詩にはメタフォアが割合と少ないんですよね。メタフォアとして読むことも大切なのですが、白石さんはイメージを意図的にメタフォアにしないんですね。語り手の固有の身体的な経験としてのイメージなのです。

辻：そう。「男根」ぐらいですよ。あれは、見事なメタフォアの詩と言えます。他の詩は、部分部分ではメタフォアをそれなりの頻度で使いますけど、全体として、何かが何かのメタフォアになっていることを印象づけることは少ない。

水田：「男根」でも、一番最後のところで、男根は無数にいるんだけど一つだ、なんていうのは、ちょっと、観念的なところですね。そういうところもあるんだけど。でも、結局、男根の圧倒的な即物性で、権威をなし崩しにしちゃっているわけだから。男根は何をメタフォアにしているのか、と思ってみると、男根に付随する多くのメタフォアを壊し、メタフォア化そのものを壊しているので、観念的ではないのです。現代詩ではメタフォアが大切で、メタフォアを頼りに解読もしていくのですが、メタフォア化自体をなし崩しにしているんですね。

辻：そこは私は、男根のメタフォアは割と明確で、単純に、男だと思いますよ。「男根」という詩を素直に読むと、男根を擬人化して、ボーイハントしようよ、ということ以外書いていないですよ。

水田：私は、ボーイ・ハントも男根の権威剥奪のための一つの物語上のきっかけとして使っているのだと思います。

辻：男性を単なる男根と言い放つことで、男性権力を剥奪するということですよね。

水田：要するに、男性はファロセントリックな考え方で生きてきて、その中でしか、自我が作れない、ということです。自我の形成にこだわり、その形成の仕方に男性的性の力の誇示があると、それが、男性文化でしょう。それを担うのが男根で、男根が男性的自我の象徴だからそれをなし崩しにする。自我を傷つけられた男性のメタフォアは去勢でしょう。どれだけ去勢された男性たちが、自信喪失しているか、敗戦も日本人の男性的自我の陵辱と喪失、去勢と捉えられてきましたからね。今の文化にもそれはあるわけで、だから私は、この詩はそういう思想のディコンストラクションだ、と読みますね。

辻：その読み自体は正しいと思うんですよ。私も実はそう読みますし、白石さんもその読みに同意すると思うんです。但し、詩には、テキストのどこを読んでもそう書かれてはいない。男根が、そういう男性権力の象徴だ、みたいなことは、書いていないんですよ。

水田：いや書いているんですよ。イメージの力でね。ただばかでかいだけで突っ立っている男根を揶揄しているじゃないですか。ただいい男根を求めてボーイハントしなさいと勧めているのなら、いい体をしている家庭外の女を求めて彷徨く男たちのしてきたことと同じです。女の体にはお金がかかるかもしれないけれど、権威も権力もついていない。揶揄されないのですよ。

辻：詩にはもっと下世話なことが書いてあるんですよ。まず2人の女性の友情があって、スミコさんを元気づけるためにボーイハントを提案する。男根はむしろ愛らしく書いてあって、いけ好かない男根があるにしても、基本的に好ましい存在として描かれているんです。詩の鑑賞としては、かわいいスミコさんに向かって、いけ好かないヤツはほっといて、いい男と楽しいことしようよ、と呼びかける、この人間臭さをきちんと味わって読み取らなければいけないと思うのです。どうしてかと言えば、話者が固有の身体を持った存在として登場しているからですね。その次の段階として、このシチュエーションに対して、今水田さんがおっしゃったみたいな、男性の権力性を巡る解釈がくるんだと思うんです。解釈することは非常に重要なことですが、一気にそこに行くのではなくて、まずは書いてあることを読み取ることから出発しなければ、話者の身体性という要素が希薄になってしまうと思うんですね。この詩の場合、「カズコ」「スミコ」と呼びあう仲の二人の女性が、長電話で悩み事を打ちあけるシスターフッドを、まずは読み取るべきだと思うのです。そこから、男がいばったとしたって、たかが男根じゃないのとなり、男性権力を剥ぎとっていく、という順序じゃないでしょうか。

水田：テキストを読むのは、書かれた言葉を追うだけではなくて、言葉の背景を読むことでもあります。例えばスミコは決してかわいそうな女性ではなく花形芸術家や思想家との恋愛歴が多くあり、恋愛競争でも勝ち組にいる。そこを「頑張っている」、と表現している。そのような恋愛において名のある男性獲得競争からおろしてあげたい、と、それが生まれ変わるためのプレゼントだと言っているのです。例えば、「頑張っている」知的で才能のある友人と、生真面目で羽目を外すことを知らない友人という設定そのものには、そこに込められた設定の背景の奥にはの性のあり方があるわけでしょう。そこには、このスミコの持っていた幻想文学の世界も背景にあるわけで、単に、彼女が性を楽しんでいないから、楽しみなさい、と言っているだけじゃない、ってことは、明らかですよね。女性は性の快楽を知らないから、知りなさい、というのでは身もふたもないでしょう。女性は性の快楽を知っていますし、古代から知ってきましたから。また、「頑張らない」についてテキストは何も具体的に語っていないのですよ。何が頑張りなのかと。いい男根を求めることははぐれものと付き合うことであり、自らも社会制度から周縁化され、はぐれていかなければならない。それは生まれ変わるほど大変なことなのです。彼女自身は素晴らしく才能のある男性たちを愛してきて、彼らの自我に突き当たっていて、恋愛もダメになって、自分の世界が、壊れようとしているのです。誕生日だから、新しく生まれ変わりなさい、と言って、男根をあげるメッセージは、詩のテキストとして成り立たせるにはすごいことですが、単に性の快楽を知れということではなく、もしかしたら男は皆同じだから、男幻想をなくしなさいと言っているかもしれないのです。そこから新しい世界が開け、感情を、彼女が知らない感激を与えてくれるかもしれないと、かずこ流の旅へ誘っているのだと思います。初めに中央に突っ立っている愚鈍で大きい男根とコスモスのはじにいるいい男根の区別の設定があり、最終的には、男根は皆同じだという、男根が男性のメタフォアになって、いい男根と嫌な男根の分離の設定を無化する。

「性の快楽」の秘めるメタフォアは『聖なる淫者』の世界になると、なおその奥深さ、複層性がわかってくるように思えます。やってきては消えていく、黒人のはぐれものたちとの付き合い、「楽しみ方」というのは、決して、一過性の、性を楽しんでいるんじゃないことが明白です。性だけではなく、はぐれた人間への、慈しみを表現している詩になっていると思いますね。この詩集については、次回の対談で話し合いたいと思います。

辻：白石さんの思想の根底にあるのは、私は常々、ヒッピー思想だと思っています。ヒッピーは、どこにも属さないけれども、行った先々で人と仲良くする。ヒッピーというのは別に根無し草ではなくて、根は、行った先々につけていくというものだと思うんですよ。それで、どこに行ったとしても行った先々の人と幸せな関係を作らなきゃいけないから、地球が安全できれいでなきゃいけないということで、エコロジーの思想に繋がっていくし、殺しあったら、そういう楽しい、仲良くしている状態が壊されちゃうから、反戦主義になる。私は、そうしたヒッピー的な思考が、白石さんの詩のいろんなところに出ていると思います。

水田：ヒッピーはいつも路上で家と社会への定着を否定しているのです。でもヒッピーは旅で酷い差別と屈辱にも合っているのです。髭を生やしているだけで石を投げられるところもあるのです。白石さんの旅の着地点は社会体制内への復帰じゃないんですよね。そこは、もう、明らかなのです。権力社会とはもう離れてしまっている。ただ、放浪しているはぐれものをほっとくと、グローブ（地球）から、落ちちゃうよ、と言っている。この地球というのは、それ自体が浮遊している場所としてあって、そこから落っこちちゃったらおしまいだ、という感覚があるのだと思います。生き残るというか、落ちそうな人を助けなければというか、決して自滅的、破壊的ではないのです。

はくれものたちの、負けて、追い出された人たちの尊厳を守る、守りたいというテーマは晩年の詩集で次第に強くなっていきますね。「男根」にはまだ明確になってはいないのですが。負けるのがわかっていながら、権力に対して反抗してきた。野生動物の、例えば、負けちゃうんだけども、最後まで自分の役割を果たしていくライオンの雄、というのに、すごくのめり込んでいく。それを最後まで見届けてあげたい、と。

辻：そうですね。私が、最初に読んだ白石さんの詩は、詩の雑誌に載っていた「ヘラクレスの懐妊」という作品なんです。この詩に、私はとても感銘を受けました。ヘラクレスというのは、男性の象徴です。古代の英雄だったヘラクレスが、今はアメリカの奴隷になっている。軍事大国アメリカの奴隷になって、戦争に駆り出されている。そういう状況から抜けださなくちゃいけないという意識があって、ヘラクレスが何とクレオパトラに会って、感化されて、妊娠するような存在になって救われていく、というすごい詩なんですよ。

水田：すごい詩ですよね、本当に。

辻：白石さんは、男性が好きという時に、その男性の中に女性や母性も見ている。「父性　あるいは　猿物語」という詩があって、これは、父性が母性に及ばないことを嘆く、という詩なんですね。男性の一人称なんですけれども、最後は「俺は父性の中に母性を抱きこみ／両性の中で　生をはじめて営みはじめるのだ」で締めくくられる。これはフェミニズム文学として、すごく重要な一篇だと思うんです。こういう詩は他にもあるんですよ。「レオ・スミスの内なるアフリカン・ママ」です。

水田：はい。

辻：レオ・スミスという人は、非常に優れたアメリカの黒人のトランペッターで、私も一回聴いたことがありますが、この人のトランペットから、母系社会アフリカの、女性たちの声が聴こえる、という詩です。おそらく、白石さんは自分が評価する男性の芸術家の中に、「母性」というものを見ていて、その「母性」は、「女」という性に縛られるものではなくて、もっと普遍性のあるものとしてとらえているんだと思うんです。男性とか女性とかを超越した、もっと普遍性のあるものとしての「母性」ですね。それに、男たちがもっと目覚めてほしい、という願望があるんじゃないかな、というふうに私なんかは思うんですけれど、どうですか。

水田：そこは、ちょっと難しいところなんですよね。両性具有という考え方は、結構、フェミニズム初期、二項対立的な性差から脱却する思想として探求された時期があって、作家たちも、例えば、ヴァージニア・ウルフは、男女対立的な性差に対する、一つの反論、もしくはその解決に向けての思想ととらえ、それを「オーランド」という小説にしていますし、東洋思想に触発されたユング的な両性具有の考え方もあるのです。

ただ、白石さんは、性差を超えた、あるいは性差共有の「慈しみ」の心を、必ずしも「母性的なもの」とは考えていないのではないかと思います。母性的というメタフォアで慈しみを語ると、厄介です。辻さんのいう両性具有的な母性的なものへ到達する前に、白石さんは『砂族』を書いていて、砂を発見するんです。その砂は肉体を解かれたスピリットだと言い、砂の粒にまでに解体される身体からスピリットが解放される、という考えを持つのです。それはある意味で、身体、性を持つ肉体の消滅であり、そこでは既に、性は乗り越られていて、男も女もなくなってしまうスピリット的存在として人間を捉えている。その「砂」に埋もれていたミイラを発見して、人間の記憶の古層へと辿り着き、女性の原型的な存在のクレオパトラに行き着いているのです。白石さんはクレオパトラのような髪型と目の縁取りの化粧をして、人からはクレオパトラのイメージで見られていましたが、ただ、自分をクレオパトラというよりはスフィンクスだ、と言っているんですね。大きな、スフィンクスの側に立ったら、人間は小さなものです。そこで黙っていて、常に、謎をかけている。すべての謎も真実も見つめ、そして答えのわからぬ人たちを抱擁して、肉体が消滅してスピリットだけになった人間、肉体に依存しないいのちを考えるようになっていくと思います。

　そこを経て、つまり、無の世界、死後の世界、歴史の古層を経て、その後また、男性の、はぐれものの英雄たちの物語に、もう一度還って行くのですが、そこでは、語り手は男性の身体に感応する女性の人間ではなく野性の動物たちと同じ次元です。その時に初めて「母性」というか、産む場所、死ぬ場所としての母胎のような実態のある場の再確認が前景化されてくるので、白石さんは、「砂族」を通して男性にもある普遍的で、ジェンダーを乗り越えた慈しみを思考して行くようになるのではないでしょうか。

　母性というのはすごく手垢がついた言葉、メタフォアなので、この言葉を使うと、実態のないメタフォアにみんな含められてしまうので、緊張しちゃうんです。しかし白石さんはもう性をなくした世界を『砂族』で見て、そこを通過しているのです。それが、白石さんの後期への転換期で、初期の非常に性的な思考の世界から、はぐれものの優しさ、包括力、辻さんのおっしゃる母性的なもの、などを見つけていく視点に達しているのではないでしょうか。

辻：命を育てていくとか、命と共存していくとか。

## 女性ユリシーズとして

水田：確かに、はぐれた者の男性たちは一度自我を砕かれているわけだから。男性的自我への妄想から脱していているかもしれない。そこで初めて、傷ついた他者を慈しむ感性を持ちうるのかもしれませんね。やっと野生動物と同次元の人間として生きていく感覚を身につける。
もうひとつ、白石さんは、ユリシーズ（Ulysses）をペルソナにした詩を多く書いているんですよね。

辻：そうですね。

水田：古典のユリシーズは世界を放浪してなかなか故郷に帰れない男性の話で、酷い目にあって、裏切りも経験して、やっと家に帰ることのできた放浪者で、家には貞節な妻のペネロピーが待っているというつまらない結末を持つ、壮大な放浪の物語なのですが、白石さんの書くユリシーズ物語は全然違うのですよね。

辻：違いますね。

水田：白石さん自身もユリシーズに、女性ユリシーズになっていくんだけど、そこで、「帰って来たユリシーズ」、をテーマにした詩があって、かなり、晩年の詩なのですが、それが、アフリカの革命指導者のマジシ・クネーネという、ズールー族の主領で、イギリス、アメリカへの亡命者のことを書いているのです。マジシ・クネーネは長い亡命生活の後、革命の後の南アフリカにやっと帰ることできたのですが、そこでは革命家としてではなく、失われゆくズールー文化を教える大人しい大学教授として暮らします。亡命中のマジシに私は白石さんとお会いしていますが、辻さんがおっしゃったように、幼い子供たちを見守る、大変に母性的な存在で、そこに心打たれました。辻さんじゃないけど、イクメンに変容しているんですよ。長い亡命生活で、生活のために働く妻に代わって、子供の世話をするズールー族のボスは、伝統的な文化での性役割の規範を超えて、政治ではなく、日常を生きることを知ったのだと思いました。マジシ・クネーネ、ボスの尊厳は失わなくても、そのボスであることが、母性的なものに近づいていたと思います。

**辻**：その通りだと思います。重要な点です。

**水田**：そういうところを、白石さんは見ている、というのですね。

**辻**：そうだと思いますね。

**水田**：権力志向の男性は散々ですね。

**辻**：でも、男性の多くは、全然散々じゃないですよ。
　私は、白石さんという人は、フェミニストだと思うんですけれども、マスキュリストでもあると思うんですよ。

水田：男性好きで、決して憎悪したり、男性の性差を否定はしないのですが、そこに他者を支配する欲望と権力が付属してきたのが長い間の男性優位社会、ジェンダー社会なのです。

## 生と死を可能にする根源的な場所へ

辻：そうです。「ガラスの天井」という言葉が、女性が不平等に扱われる例えとしてよく使われますね。女性が努力して実績を作っても、見えないガラスのような天井があって、女性であるというだけである程度以上の地位につけない、という。それに対して、マスキュリズムでは、「ガラスの地下室」という言われ方がされます。男だからというだけの理由で、重労働を課せられたり、戦争に駆り出されたりする。例えば、ベトナム戦争なんかで、アメリカの低所得層の男性、特に黒人が、生活の為に兵士になって傷ついたりする。白石さんは、そういう人たちに対して、すごく同情的な眼を向けていると思うんですよ。白石さんは、音楽関係者など男性の知り合いが多かったと思うんですが、彼らの愚痴を聞くことがいっぱいあったんじゃないかと思うんですね。そのせいかもしれないですが、男の生きづらさというものを、女性の生きづらさ以上に、いっぱい書いている（笑）。男の愚痴みたいな詩が結構いっぱいあるんですよ。それに対して、白石さんの詩の中に出てくる女性像というのは、これがまたそれぞれが特徴的なんですね。例えば、フィリピンの詩人のヴァージニアという人がいて、幼い頃は日本の占領下でいろいろ辛いことがあったりしたけれど、大人になってからは立派な詩人として活躍して、芸術家の国際交流に努めたりしている。そのヴァージニアという女性の生き生きした姿を愛を込めて描いています。そして大学で詩学を教える、黒人女性のリタ。この人の描写は凄いんですよ。「陰毛の美しいリタよ」と呼びかけて、「またから生まれた美しい天使よ　あなたのお母さまはどこのガーデンより美しい陰毛とそこで鳴く鳥たちよりも天使に近い声と　セクシーなインテリジェンスを脳髄と眼の内にもってるのを知ってる」と書く。「陰毛」ですよ。びっくりです。もう一人、ヴィッキーという女性の詩も印象的です。キューバあたりの島の女性です。

水田：ええ。

辻：28歳のシングルマザーですね。この人に対して、白石さんは、「欲望に満ちた　性的で現実的で知的でもある」というような形容をしているんですよ。白石さんが好きな女性というのは、はっきりした意志を持っていて、知性も生活力もあり、男たちと対等な関係を築き、更にセクシーでもあるんですね。こういう女性が白石さんの詩にはいっぱい登場する。男性に対しては亡命者や戦場に赴いた人を慰めるような感じで書く一方、女性に対しては、その逞しさを讃える感じです。知的で、しかも性的な自由を享受する、というタイプです。

水田：この詩人たちは白石さんが世界の詩祭で朗読を重ねて行く中で知り合った女性詩人です。初期の段階では、男性詩人と出会うことへの感動が強いのですが、次第に、女性詩人との出会いと交流に感激が傾いていく様子がよくわかります。白石さんの興味は、おっしゃるほど社会で頑張っている知的で性的魅力に溢れたような女性に対してではなくて、明らかに、生き抜いていく力を蓄えるサバイヴァーとしての女性詩人に移っていっているのです。男性の亡命は国からの脱出で大ごとですが、女性の亡命は、家庭から、夫や家族からの亡命で、日常的なのです。誰も大ごととして扱ってくれない。ただ女が出ていっただけなのです。でも出てからの苦労は男性に引けを取らないものです。

個人として生き抜く女性詩人への感嘆もあるのですが、サバイヴしていく力というのは女性の力だと考えるようになっていくのでしょう。ヴァージニア・ウルフとか、シルヴィア・プラスのような、吉原幸子が共感を持った自滅型の、詩人ではなくて、破壊も荒廃も生き残る力を、強く持っている、それがラディカルな表現を生む女性詩人に惹きつけられて行くのです。女性詩人は、いろんな苦しみの中から、自己主張と表現で、そして性のエネルギーで生き残り、自分の性も生もまっとうして、しかも、楽しんでいる、そういういのちの力を体現している女性を発見して行くのだと思います。

**辻**：サバイヴというのは当たっていると思います。

**水田**：そういうサバイヴしていく力を女性本来のいのちの力だと見ていることは勇気を与えますね。アラブの、放浪の民ベドウィンの女性たちの死別や嘆きや苦しみなどのことも書くのですが、それが、悲惨ではないのですね。それが白石さんの女性を見る視点の特色でしょうね。辻さんのいう母性的というのは、傷ついたものも引き受ける場として存在するのではないでしょうか。

**辻**：水田さんのご著書に、『鏡の中の錯乱』があります。シルヴィア・プラスというアメリカの女性の詩人の詩の翻訳と作品論を収録した本です。名著なので多くの方に読んでもらいたいんですけど、シルヴィア・

プラスの詩は、抑圧された女性を書くことが多いんですね。「三人の女」という、出産をテーマにしたドラマ形式の詩があります。普通の出産をする主婦、流産する女性、望まない妊娠をする女性が登場するんですが、この三人の中で、一番幸せな妊娠をしたであろうと思われる主婦が出産する時の書き方が面白いんです。水田さんの訳を引用すると、「空気は重い　この労働のために重い。／わたし　使い果たされた。うまく利用された」と書いてあるんですよ。妊娠・出産をすると、女性は家父長制の中に取り込まれてしまう、その残酷さを、赤裸々に描いているんです。水田さんの解説には、「意識下に抑圧されていた、自らの性を威嚇する者への怨念と同一化され、胎児への、そして夫への復讐の念を喚起する」とあります。強烈です。女性の文学には時々、反出生主義的な考えが出てきます。妊娠とか出産をすると、男性権力の中に取り込まれてしまうかもしれないから、それに対して、警戒せよ、ということです。小川洋子さんの「妊娠カレンダー」のような、妊娠を不気味なものとしてみる小説もあります。ところが、白石さんの詩は、妊娠とか出産に対して、すごく肯定的なんですね。

**水田**：礼賛もしないけどね。

**辻**：ええ。

**水田**：礼賛もしないけど、でも肯定的なんです。本能的に、産むことは肯定。

**辻**：命を、慈しむというところは、徹底しているんじゃないですかね。

水田：徹底していると思いますね。白石さんは、洞窟の詩をいろいろ書いていて、そこで蟹が来て、ばあーっと来て、波と一緒に来て、そして、無数の卵を産み、また出て行くというようなことを描いています。洞窟は、そこから生命を生む場所でもあるし、死に場所でもあるとして、生と死の場所を母胎のイメージと重ね合わせているように思います。女性は母性を持つ存在というよりは、洞窟としての母胎であると、言っているのだと思うのです。地下鉄から始まった女性の身体が、どこかで、命をはぐくんだり、死を看取ったりする洞窟として捉えられ所に到達している。母性というのが、精神的なものよりは場所、命と死を可能にする根源的な場所として、母胎として白石さんが復活させているんじゃないか、と思うのです。その、根底には、命に対する、動物の詩でも同じように、受動的な受け入れるという考えがあるのではないでしょうか。

辻：同感です。

## モダニズムを超える

水田：だから、辻さんが読むと、結局白石さんの詩は、フェミニズムを超えている、ということになるのでしょうか？

辻：とにかくスケールの大きさが桁はずれなんですね。

水田：現代詩をも超えているのでしょうね。現代詩のこれまでの、モダニズムから始まり、視覚的な文字を使う表現を超えて、詩の中に、声と、音楽と、身振りと、女性の身体を取り戻している。

辻：固有の身体というのを、詩に導入したという功績はすごく大きいと思うんですよ。固有の身体、抽象的な概念上の身体じゃなくて、実際に、そこで生きている人たちの身体。彼女は女性に生まれたから、その女性の身体を中心にして、詩の空間を形成していくわけですが、抽象的な観念を軸に言葉を展開していくことが多かった現代詩の中では特異な存在だと思うんです。身体が置かれた状態というものをしっかり見ていて、身体というものは、耳も聞こえるし、ものも見えるし、ということで、言葉も視聴覚的になるんです。そこは現代詩の大転換ではないか、と思うんですね。

水田：固有の身体を詩に導入しているという指摘は、重要ですね。現代詩の大転換ですね。男性の詩人では、そういうことをした人は誰でしょうか。

辻：彼女より年はちょっと下の、鈴木志郎康さんです。この間亡くなりました。

水田：はい。

辻：鈴木志郎康さんの、「極私的」と呼ばれている詩が割とそれに近いんじゃないですか？　北極の「極」に

「私」と書いて「極私」。鈴木志郎康さんは、私の詩の先生でもあるんですけれども、自分の身の周りに起こった事をすごく精密に書く。自分と自分の身の周りのことを、些細なことでも突き出すように書いていく。人間の存在というのは、固有の身体があるということだ、というところから出発しているんですよ。そうした身体から出発するという考え方を、白石さんはもう少し早くから始めていたと思います。「荒地」の詩を読むと、身体はそこにないわけですよ。抽象的な考えを述べていく。だけど、白石さんの場合は、何ていうか、飲んだり食べたり踊ったりする身体がある、という、そこから出発する。自分の身体を愛するということがあって、自分に関わる他の人の生命もみんな大事にしていく。生命が大事だから、地球も大事にしなきゃいけない、というそういった愛の連鎖ですね。

**水田**：小説では「私小説」というジャンルがあります。中村光夫でしたかが、小説を開いて、自分のことを書いているなと思うと、そこで読むのをやめると言っていましたが、自分の日常のことを書いて「表現」にして行くのは困難な作業です。詩はなおさらそうでしょう。

白石さんの初期の詩は、やっぱり、人間存在の核としての性、という思想が顕著ですね。その性が抽象的な性ではなくて、実体のある性であるところが、二十世紀の性を扱う表現との違いです。「男根」も、そういうところからきていると思うのですが。そこからずうっと身体そのものが、詩の場所になっていくわけですよね。それは、場所の中にいる、特定の個体といる、特定の日常といる、そういう中にいるいのちが人間なのだという考えでしょう。

**辻**：二〇〇〇年代に発表された『浮遊する母、都市』という詩集があります。

水田：ええ、いい詩集ですよね。

辻：あの詩集は切迫した状態に置かれた生命を主にテーマにしています。お母様が認知症になって、生活は危うい状態になっているし、戦争で傷つく人もいるし、難民として、苦しい生活をしている人もいる。そういう人たちを、白石さんは、「浮遊する」と言い方をして、慈しんでいると思うのですよ。

水田：もうここで白石さん最後の詩集に到達してしまいそうですが、この詩集については第三回の『砂族』を読む対談で深く読んでいきたいと思います。

第一回対談終わり

# 対談2

## 『聖なる淫者の季節』をめぐって

### 時代と狂気を越える身体の文学

# 白石の表現空間と批評の課題

水田：今回は、『男根』に引き続いて、徹底して性という自己の身体的、日常的行為を通して世界を見ていく、白石さん独自な思想がどのようなテキストを言葉で形成しているか、そしてどのような変貌と進展を見せていくかという問いを中心に語り合いたいとおもます。

私は、一九六〇年代の初めから文学批評にかかわってきましたが、性差社会・文化の中で規範化されてきた「女性」の表現が、ホモソーシャルな文壇と思想・批評界からは周縁化されてきたために、女性の内面領域は未踏の領域であり続けてきました。女性の表現テキストは批評の俎上に上がらないために、女性作家・女性詩人を論じようとしても、批評のカノンが男性優位思想を当然とした批評や言説で固められているので、引用ができません。引用することはそのカノンを再生産することにもなります。女性の作家、詩人もまた、批評界の応援なしに表現と苦闘してきました。規範とする作品も批評言説も皆男性によって書かれているから、女性が内面に抱えた秘密、言葉にならずに沈黙として内面に蓄積してきたものを表現する道が開けにくいのです。

戦後女性は、人権と公民権を持たない人間としての抑圧と家父長制家族の中での性役割と性規範の束縛から憲法によって解放されながら、占領が終わるとすぐにはじまった経済復興と民主主義国家の構築の過程で再び家族の中の主婦として、性役割と性規範に束縛される、ジェンダー制度に組み込まれていきました。戦後批評は家父長制時代の残滓と新たな抑圧に苦しみ葛藤する女性表現を取り上げることなく進められてきましたが、女性は戦後世界、社会と対峙しなかったわけでも、その中での女性自身の内面、思想を表現しなかったわけでもないのです。女性の作品をまともに読んではこなかった批評のジェンダー差別と分断が問題だったのです。女性は女性の内面を言論の言葉での理論ではなく、自伝的小説、そしてメタフォアを用いる個人的、日常的な詩を通して思想を表現してきたのです。戦後の代表的な詩人、白石かずこ、富岡多恵子、吉原幸子さんの作品なども男性批評家にきちんと読まれてこなかったのではないかと思います。

そういう中で、辻さんのエッセイはまず男根というテキストを詳しく詳細に読んでいることに感嘆いたしましたが、その上での私の解釈との微妙な違いはおそらく「読み手のジェンダー」の違いではないかと思いました。そしてその読みについて対話をしたいと思い、実現したのが前回の『男根』についての対談です。

一九六〇年代の初めに書かれた『男根』は大変ショッキングな作品として受け取られ、白石さんの名声を一挙に高めた作品であると同時に、白石さんが性の詩人としてバッシングを受けることにもなった作品ですが、男性批評家にはまともに取り上げられないし、分析されることも少なかったのです。そこには性器を詩の題材として臆面もなく扱うことへの否定的な反応もありますが、ジェンダー化された文化の中で内面を形成してきた時代の読み手のジェンダーの違いが反映されていると感じ、興味ある、重要な批評の課題であると思います。

辻さんの『男根』解釈は、男根はメタフォアとして用いられているのではなく女性にもっと性を楽しめ、と性の快楽を薦める詩であるというものです。私は、「男根」は即物的性器に引きずり落とされていますが、それは性差文化において男性的力（権力）と自我の象徴として定着し、そのメタフォアとして機能してきた男根をただの性器として見る視点で、男性的力国家の自意識の基礎とされてきた男性的自我を、性の力から切り離して、女性にとって快楽をもたらす男性性器はそれらと関係ないことを言おうとしていると読むのです。権力思考の男性は、ただ大きいだけのコスモス畑の中央に立つ男根として揶揄し、社会的に力を持つ男と女性にとって快楽をもたらす男根とは違うという、男性的力の文化を無力化していると思います。近代における男性自我と権力、国家権力までをも象徴する男根に込められた性・権力の一体化を解体する視点を表現していると対談で主張しました。

この詩では、男根は愛おしくもあわれでもあり、滑稽でもある男性性器として扱われていて、男根を、権威ある男性的自我の象徴としての地位から引きずり落としながら、性的行為と性的人間を愛おしく思う白石さんの思想、性を通しての世界観と価値観が大変明瞭に出ている作品だと思います。つまり男性優位性と男根との一体化を解体することは、男性の解放でもあると言っていると思います。しかし辻さんの主張されるように、男根のテキストは、見事な男根の裸化であっても、そこからさらに思想的な深化を見るためには『聖なる淫者の季節』の解釈が必要だと思います。

『聖なる淫者の季節』はその思想の延長上に書かれた詩です。これまでずっと、戦後の時代を詩を書くことを通して、中でも性を基軸として世界観、実存論・人間観も表現してきた白石さんという詩人を、今日の対談で読解し、批評していきたいと思っております。

まず私たちは白石かずこという詩人は、自分が体験したこと、自分の個別の経験を基にして、それを題材にして詩を書く方で、作中に出てくる人名なども、殆ど実在する人物です。作品の世界と白石さんの思想、想像力と外部の現実でのリアルな実体の世界の重なりから、テキストの世界が創造されていることへの共感を確認しました。

辻さんは、その表現された空間が言葉で出来ている表現空間である以上、その言葉による作られた作品テキストをまずきちんと読解し解釈すべきではないか、という「詩を読む」ことへの基本的な思想を明確にされています。私は特に戦後女性の詩のテキストは、その隠された無意識領域まで、行間や空白、沈黙まで解読していきたいと考えています。それは詩の言葉が託すメタフォアを解読することだけではなく、詩は詩人の自己存在意識を言葉、メタフォア、空間構成など諸々のものに託して意識の深層において、読者と繋がっているからです。したがって、作品の中の「男根」は、男根と男性自我と、男性優位文化とが一体化している世界の象徴として、そこから抜け出せと伝えていると思います。辻さんは男根は男のメタフォアだと云われます。白石さんはあまりメタフォアを使わない詩人ですが、表現空間は、詩人の見る現実との関係を重視しながら、沈黙領域に蓄えられた詩人の世界観と自己存在意識の表現なのであり、読者はそれを読み取り解釈していかなければならないと思います。

前回の対談で、辻さんの読解による白石さんの表現とジャズとの基本的な関係性の指摘がありました。言葉と声、音、音楽との関係性を、辻さんは、まず部分から、繰り返しも入れて、全体へ、総体的な世界へ導いていく表現手法との関係について、詳しくお話しいただきました。それにみられるように、白石かずこさんの詩の作り方は、日本の戦後の現代詩の中で、非常に新しいだけではなくて、一つの抜け穴を作った、というように、私も思います。

また、性の表現と言葉との関連性は、詩に身体表現を深く関わらせることで、この事も白石さんの作詩の方法だけではなく、詩表現に対する根幹的な思想に照明を当てるものだと思います。

もう一つは、視聴者からの質問で、白石かずこがこの詩で、女性の快楽の解放と性の自由を主張しているという意見に対して、性的な快楽の解放と自由という主張としての解釈は、現代の女性から見ると、女性の経済的自立が困難で、シングルマザーとして貧困に苦しむ女性の多い現在では、解放や自由と言っても、現代的な意味を持っていないのではないか、というご意見が出ました。女性が性の自由を持っても、家庭の外に生きる女性は、はぐれものでしかないだろう、という見解です。この点はあまり突き詰めて議論されずに前回の対談は終わりましたが、これからははぐれものの課題と共に、最後の詩集まで読み取っていきたいと思います。

長くなりましたが、ここまで前回の対談についてまとめとして話させていただきました

今回は、『聖なる淫者の季節』という、白石さんの代表作を扱います。長い詩集ですし、それから、「男根」のようにすぐ読み切れる詩ではなく、一章から七章まで分かれていて、その間の進展もあれば、反復もあるというかたちの、画期的な作品です。解釈の対象としてまったく不足のない、素晴らしい詩集だと思います。白石さんの長い詩業にとっても、この詩は一つの頂点と同時に転換をもたらす代表作だと思います。そういう意味で、辻さんの詩を読むという行為に対する基本的な思想は重要で、まず、詩的な空間、つまり、表現された表現空間の中で言葉を読む、という、詩の読みに対する姿勢が、この詩集に関しては特に重要なことだと思います。辻さん、どうぞお願い致します。

## なぜ女性の表現なのか

辻：女性の表現や思想というのが余り語られてなかった、ということですね。今、水田さんの方からスケールの大きな視点でのお話がありましたので、私は私個人のことを話してみます。私が詩を読み始めたのは、

一九八〇年前後位です。その頃は女性のすばらしい詩人がたくさん登場した時期で、「現代詩手帖」のような詩の雑誌を手に取る時は、作者が女性の名前だったらとりあえず読んでいました。投稿欄の新人の詩人でもベテランの男性の詩人の作品よりずっと面白い。漫画も少女漫画ばっかり読んでいました。萩尾望都とか大島弓子、陸奥A子といった人たちですね。もう夢中になっていっぱい集めて耽溺していました。男性作家の漫画は限られたものしか読まなかったです。20歳前後になんでそんなに女性の作品ばかり読んでいたかというと、概して女性の作家は、相手があってその相手との関係で自分をじっくり見つめることでできているんですね。自意識を肥大させて世界を一元的に解釈していくという感じではない。例外はありますよ。でも、相手とのやりとりの中で思考をじっくり進めていくタイプは女性の作家の方が多い印象を持ちました。観念で世界を切っていくのではなくて、肉体が接した個々の場から思想を立ち上げていく、このやり方にすごく新鮮味を覚えました。あの頃、白石かずこはもちろん読んでいましたけど、伊藤比呂美、石垣りんも愛読していましたし、当時の若手の、榊原淳子、白石公子といった詩人の作品に衝撃を覚えて夢中になって読んでいましたね。自分の心のふるさととして、女性の文学があるんですよ。

水田：それは、私にはとてもおもしろいことです。まず、辻さんが詩を読み始めた時代が八〇年代とおっしゃったけど、白石かずこさんが書き始めたのは一九五〇年代です。戦後の現代女性詩人、茨木のり子、石垣りんもみんな五〇年代から書き始めています。私は白石さんより六つほど歳が若いのですけど、同時代と言っていいと思うのです。その時代の、女性の内面は、詩人自身にとってもですが、批評家たちにとっては「未踏の地」、暗黒大陸です。辻さんが八〇年代に読まれて、女性の作品のほうがおもしろいというのは、やっぱり、そこがいまだ批評にとって手つかずの未踏の地だからだと思うのですね。未踏の地である女性表現には書くためにも読むためにも役立つリファレンスがないのです。レファレンス不在だから独自の無手勝流の前衛表現ともなるので誰も読んでくれない。それが、白石かずこが書いていた時代なんだと思うのです。六十年代の後半になって、フランスの女性詩人や思想家、たとえば、イリガライやクリステヴァによって、やっと、女性たちの内面の思想的な、位置付けがなされるようになったのです。それがあって初めて、バトラーのように、イリガライから「書き始める」、ということができるようになったのです。しかし、日本人の女性には、始めるための、その原点となる詩表現の批評も、思想的解明もなかったんですよ。石垣りんさんも、茨木さんも思想的な核を自分なりに開拓してしっかり表現している詩人ですが、でも、吉本隆明さんが戦後思想論を書くときには無視されてきたのです。

ところが、白石さんの世界はそれ自体が完結していて、自足しています。辻さんの世代は、女性の抑圧を肌で感じていない世代なのかもしれないですね。だから、素直に、女性が書いている内容にご自分の感性ですぐ飛び込めるのかもしれません。しかし、何を表現しても男性批評家は、自分は女のことはわからない、と言ってそれに向き合うのを避けてきた時代、女性は女性でやってくれ、と。それが白石さんたちが書いてきた戦後の時代なのです。女性表現のテキストの表の言葉だけを信じて読んでは、つまりテキストの裏と底を読み解かなければ、秘密の領域、沈黙領域に溜め込んできた女性の内面領域を探ることはできないと思います。

辻：私は同時代の女性の作家たちが、彼女たちが感じている抑圧をオープンな形で表現しているところがすごく面白いと思ったんです。対象に即して表現するから切実さが伝わる。男性の読者でも十分共感できる。そこに普遍性があると思ったのです。先程の抑圧の問題ですけれど、私はティーンエイジャーの時に、自分が男だっていうのは嫌だなって思ったことがあるんですよ。石垣りんが、私は自分が男で無かったことを心底よかったと思った、と書いていています。理由は、男みたいに偉くならなくて済むからだ、と。いやあ、本当にそうだ、男に生まれて失敗したなあ、と思ったものです。白石さんの詩の中にも、結構男性論が入った詩があります。特に『聖なる淫者の季節』には、男性に対する憐れみの情を示した部分が結構出てくる。そこは男性として、すごく心に染みるものがあるんですよ。この間の対談でも申し上げたんですけれども、男っていうのは、擦り切れるように働いて、競争の中で、死ぬまで生きていく、そういうシステムの中で生きていかなきゃならない、ということ。それに気づいて、恐怖を覚えた、ということがあったんですね。

水田：男性も同じジェンダー構造の中で作られ、ジェンダー化された存在ですからね。男性を見ていると、その競争から降りられない、だからそこで強くなるほかないので、男性であるためのアイデンティティというのが、すごく大切なんだということがわかります。戦後論でも、面白いと思ったのは江藤淳さんです。江藤淳さんは、占領を、男性の自我が凌辱された、と取っているわけです。だから、そこからの回復は男性の自我、日本の男性性回復であり、それが敗北した国家の回復である。敗戦も占領も、戦後の日本の男性たちには大きな屈辱だったとは思いますが、女性にとっては解放でもあったのです。戦後日本という概念の中では、軍国青年であった男性にとっては自分の男性的自我が傷つけられて、そしてその自我の傷つきを、国家、文化のレベルと一体化して、日本国家論へとつなげていくところが戦後日本論の男性的視点です。ところが、白石さんは、男性的自我―日本文化―国家と繋がっていくファロセントリックな権力体制の根底にある男性的性の力の象徴性を解体するのだと思います。その象徴である男根を、それらの力の連鎖から取り出して、女を楽しませるいい男の性器に「なり下がらせる」のです。権力とは関係ないと言ってみせるのです。自我と一体化した男根を揶揄して、憐れんでもいるのです。コスモス畑の中に大きな図体してただ突っ立っている男根は女性のハントの対象にはならないと。それは、やっぱり、女性の思想だと私は思います。

辻：そうですね。

水田：男根を書くなんて、ディーセントな中産階級は嫌がるので、それだけでも、白石さんは性の詩人として、バッシングもされたのでしょうね。

辻：白石さんがエッセイの中で、女性の詩人の中でも、「男根」について、白石さんを弁護してくれた人は富岡多恵子さんしかいなかった、と書いているんですよね。私にはその頃の詩壇の空気はわからないんですけど、白石さんの「男根」っていうのは、女性に、やったあと歓迎された詩ではなかったのかと、ちょっと意外に思ったんですが。

水田：一九六二年では女性の大学進学率は2.1％ですよ。六〇年代はずっとそうで、男性の大学進学率は、12.1％です。だから、まだ、戦後から抜け出していなくて、ほとんどの人は大学へ行かない。それどころか、地方出身者の半分くらいが中学卒業で、その多くが金の卵として東京に出てきた。それをひきずっている時代だから、女性が書くことも、いろいろ工夫しなければならない。大庭みな子さんが「山姥の微笑」という短編小説で、女性の内面は複雑な構造を持っていて、家庭の主婦と山姥に分裂してもいると言っていますが、女性自身が自分は何者かを探求する時代でもあったのです。
またこの時代はアヴァンギャルド芸術が盛んで、海外の芸術に繋がってもいたのです。ケネス・レクスロスが白石さんを見出すのはそのつながりからだと思います。これが六二年だとすると、『淫者の季節』の世界というのは、詩集としてでたのは一九七〇年ですが、おそらく、合田佐和子と一番仲が良くて、富岡多恵子、池田満寿夫、矢川澄子とも仲が良かった時代です。彼女がピンク色に髪を染めたり、派手な格好をして、アメリカの基地で踊りまくっていた時代だと思います。ですから、「男根」の時代と、『淫者の季節』の時代とは、やっぱり、ちょっと違うのだと思います。

辻：なるほど、なるほど。

水田：それからジャズにのめりこんでいくのも「男根」の時代でしょうね。コルトレーンが亡くなる頃ですよね。『淫者』を読むにあたって、ジャズと白石さんの詩の関連性の推移を知ることは必要で、辻さんに話していただきたいと思います。

## 現代詩をひっくり返す

辻：コルトレーンのようなハードなジャズを真正面から受け止めて内面化できたということもすばらしいですが、この詩集ではむしろ当時の先端をいくポップス、特に黒人歌手が歌うソウルミュージックが全編にわたって言及されているんですね。クラブで踊れるような音楽です。白石さんは一方で前衛的なジャズに深い理解を示しながら、一方では溌剌とした若い女性として、流行りのイカす音楽に夢中になっていた。白石さんはダンスの名手でもありましたしね。深刻な部分もありながら、全体としては軽快なリズムの音楽が流れる、明るい雰囲気の詩集になっていると思います。

さっきの女性の詩が面白いと思ったという話と、今回取り上げる『聖なる淫者の季節』はポイントが重なるところがあるんです。この詩集は、離婚をして、五年間の結婚生活にピリオドを打って、自由恋愛の生活に入ってそれからの七年間について語っていくというものなんですよ。詩の核になっていることは全て固有の現実。誰々といつ何をした、という具体的なことですね。語法としては暗喩を多用しています。一回目で、水田さんは白石さんは余りメタフォアを使わないというお話をされたと思うんですけど、それは「荒地」周辺の詩人が使うような使い方でのメタフォアを使わないということですね。社会なり政治なり、或いは内面の在りように対する、一般的な抽象観念みたいなものを、巧みな比喩で抽出していく、鮎川信夫あたりの詩はそういうメタフォアの使い方をしていると思うんです。それで白石さんは全然そうじゃなくて、生の現実を詩の中へどんどん投げ込んでいく。誰と会って何をしたという個別の現実を、比喩で言い表していくんですよ。全然違うわけですね。一方は批評家的な立場から抽象的な観念を伝えていくために現実を取り入れていく、他方は個別の現実そのものから比喩を作って観念化していく。比喩の中に、個別の出来事を閉じ込めるのではなくて、個別の出来事が比喩を産んでいくんです。このやり方は石垣りんあたりに萌芽があるように思うのですが、白石さんはそれを思い切り大胆にやったんです。主に男性の詩人が作ってきた現代詩の歴史というのは、基本的に自意識の拡大の歴史だと思うんです。それを力技で引っくり返している。

水田：それは、思想もそうかもしれないですね。

辻：入沢康夫という詩人がいます。彼には『詩の構造についての覚書』という有名な詩論があります。あの詩論はよく作者と発話者は異なる存在だ、ということを主張していると言われてますが、あの詩論の肝はそこではなく、作者と発話者は、別個の独立した存在には違いないけれど、同時に曖昧に依存しあうものなのだ、と主張したところです。そこが、入沢康夫のすごいところだと思うんですね。

水田：私はそういうところはペルソナという言葉を使って言っているんですね。

辻：水田さんの『白石かずこの世界』では「ペルソナ」という用語で、詩の主体の複雑な性格を表現されていますね。実は入沢康夫はその後に非常に独特な主張をしています。「詩人は、降霊の儀式としての詩作を進めながら、その詩作の刻一刻に、同時に一個の読者として立ち会うという態度が要求される」と書いているんですよ。「降霊の儀式」ですよ、すごいですね。入沢康夫という人は、詩を、言葉でもって自我というものを聖域化していくものと考えていたに違いないんですよ。自我、自意識というものが根底にあって、それをあたかも霊が降り立つ聖域であるかのように扱っていく。作者自身でさえ、自分の秘められた自我に対して、ひれ伏すような態度を取る。食べたり遊んだり恋したりする身体の存在は、自我や自意識の下位に位置付けられる。そういう思想が、たぶん入沢康夫だけでなく現代詩の中にあった、と思うのです。ところが、白石さんは『聖なる淫者の季節』でこれをひっくり返しています。白石さんが問題にしたのは、誰と会って、どうしたっていう、生きている身体の軌跡ですね。身体がどこに向かうか、そこに着目して詩の言葉を立ち上げていくんですよ。私は、現代詩のすごい転換点だと思います。大風呂敷広げると、現代詩の転換だけではなくて、思想の転換点でもあると思ったりします。

水田：確かに、辻さんおっしゃるように、ドキュメンタリーみたいに、自分の性の遍歴を書いている、というところがありますね。ただ、男性の抽象的な世界観に対して、女性は何をしてきたかというと、典型的に、女性は日常を書いて対抗してきたのです。武田百合子のエッセイのように、何を食べたかとか、誰に会って何をしたとかを書いて、ミニマリズムのように、男性的な自我が中心となった世界観に対抗する「日常」をいわば武器として女性は使ってきたことは確かなのです。白石さんが徹底しているのは、その日常に関わる視点が徹底して「性」であるということです。性が日常であり、世界でもあるという視点に徹底していることに、私は、ショックを受けました。また、それを小説やエッセイという散文ではなく、詩で行ったということがさらにショッキングでした。

## 「日常の時間の連続が人生である」

辻：私はそこに、思想があると思うんですね。水田さんの『白石かずこの世界』の中の第七章「洞窟」に、「白石かずこほど、日常の時間の連続が人生であることを、それ以外に人生がないことを本能的に感じ、知っていた詩人は少ないだろう」と書いてあります。これは、白石さんを論じる人が余り言わない、非常に重要な指摘だと思うんですよ。白石かずこと言えば、神がかったようなダイナミックなイメージとか、性を赤裸々に書くとかいうところにみんな注目しますけど、日常生活の連続が人生だっていうことを詩の言葉で示した詩人だと指摘したのは、水田さんが初めてじゃないかなという気がします。

水田：白石さんの他にも例えば津島佑子さんがそうなんですね。初期の小説は延々と、細かく日常を描いています。それが後半変わるんです。白石さんもある時変わった、と私は思うんですが、どこで変わったかというと、この『淫者の季節』を書き終えた時ではないか。それまで世界や命や身体を性の視点からみていたのですが、後期の詩では、性からの離脱があるのではないかと。

辻：ああ、そうかもしれませんね。

水田：淫するだけの、この性と、自分の肉体というものを、経験し語った後で、もう少し、根源的なところに行く変化は『砂族』で明らかになっていくような気がします。砂に潜って、命と文化の根源的なところに行く。そういう思想的な転換期が、詩人には必ずあるんじゃないかと思うのですが。『一艘のカヌー、未来に戻る』も東京や日本からの脱出ですが、やはり、現実と向きあって書いていると思います。あの詩集でも、一人も幻想とか空想とかの人物は出てこないと、白石さんも言っていました。

辻：そうだと思いますね。さて、ここで白石さんと同時代の男性詩人を、ざっくり比較してみようと思います。

水田：はい。

辻：彼女と同年の生まれの堀川正美、彼は、「政治の季節」と言われた当時の社会状況と対峙する、孤独な個人の内面のヒロイズムというものを書いている。濃密な独白の詩ですよ。天沢退二郎、この人は現実の身体感覚を基にしながら、現実とは違うものを作っていく。日常世界における身体の感覚を根っこに持ちながら、日常と全く違う世界を作っていくということに生命を賭けた詩人じゃないか。それから岩成達也、人間の知性では測り知れない存在、神や宇宙のような無限の存在に対する、到達不可能性とでも言うんでしょうか、到達しようとしても到達が叶わない畏れの感覚を、論理学に似た言葉を使って表現しようとしていたんじゃないかと思います。白石さんと並び称されることの多い吉増剛造、彼は身近な現実から出発して、自分自身に憑依する形で、その現実を突き抜けて超越的な時空に行こうという意志を示した詩人ではないかと思っています。今挙げたような人たちは皆男性ですが、個別の現実の中に何かを見出すということを詩の核には置かないんです。一種の現世否定の思想。現実を超越した観念的な世界について考えている。人間の頭脳にそうした志向があることは確かですし、彼らは命を賭けてそうしたことを追求しているから表現として読み応えがあるわけですが、では、実際に、我々が生きているってことは何かというと、時間を生きているんですよね。人生というのは、始めと終わりがある時間です。時間というのは、固有の事象の連続であって、固有のものを刻々体験しながら生きている。白石さんの『聖なる淫者の季節』はまさにその生の在りようを描いているのです。現実を起点にして、現実から比喩を立ち上げていく。決して日常を手放さない。そこが先程挙げた詩人たちとは違うなと感じるのです。

水田：吉増さんは現実を捨ててはいませんよ。言葉も今話している言葉の発語や声、息遣いの根源まで遡っていくことで、その重奏性、重層性を見せているのです。吉増さんの、写真が一枚の鮮やかな現像画となる前のネガの重なりを見せるのと同じようにです。

辻：例えば、鮎川信夫の「病院船室」という有名な詩がありますね。あれ、「病院船室」というタイトルがついていますけど、現実の病院船のことなんて何も書いていないですよ。病院船っていうのは、傷病者を乗せて運ぶ軍艦のことですけれども、あれは比喩ですよね。当時の行き先が見えない不安な日本を病院船室に例えているわけですよ。鮎川信夫は心をこめて書くから、感動的な詩になるんですけれども。

水田：感動的ですけどね。

辻：女性の詩人では白石さんとほぼ同年代の吉原幸子、この人の詩は、私はすごく好きなんですけれども、例えば、有名な「無題（ナンセンス）」。「風　吹いてゐる／木　立ってゐる／ああ　こんなよる　立ってゐるのね　木」。ゾクゾクする程迫真性がある詩ですが、ここに出てくる木というのは、現実にある木じゃない。吉原さんの心の中にある木であって、現実に吉原さんが外を歩いていて、「あ、この木」というような木ではない。比喩としての木なんですよ。白石さんはそこが違っている。誰とどこで何をした、といった具体的な出来事で詩が進んでいく。この『聖なる淫者の季節』は、深刻なエピソードもたくさんあるんですけど、最後の章を見ていくと、つまんない男と付き合っちゃって損しちゃった、まあ、しょうがないよね、こういうこともあるよね、みたいな、およそ文学的でない出来事も正直に書いているでしょう。

水田：『淫者の季節』の終わり方というのも、ちょっとお話したいけれど。確かに、石垣りんさんは鍋だとか釜だとか、火だとか、そういうようなことを、日常の中で書いていています。でも、やっぱり、怨念みたいなものが心の中にあって、それを割と直接的に表現しているので、日常を書くという詩ばっかりとして、読めないいんです。やはり、彼女は心の底に潜んでいるものを言葉やものが指し示しているのです。吉原さんは『幼年連祷』を書いていますが、その幼年期、森の中に自分が捨てられていた、という風景は自分が体験した現実の風景に基づいてはいないのです。心の中の心象風景です。野獣や何かと一緒に捨てられていて。失語症で、叫びしか出なかった。その叫び、というのは、言語を持たない動物の叫びと似ている。そういう幼年期を幻想して言葉化し、その中に自分の原点を置く。「根源悪」に満ちた世界を幼年期に捨てられた原始の世界に仮想するのです。白石さんとは全然違うのですね。でも、両方とも、戦後を生きた、同じ時代を生きた人で、両方とも、「異邦人」、「はぐれもの」という自己意識を基盤にして、表現空間に世界を構築しているのです。白石さんは現実や経験を抽象化したり、自分の思想はこうだと言わないけど、白石さんの詩世界自体が生きた、戦後思想なんですね。この『淫者』の時代は、特に派手だったのですが、それを自分でこう生きている、という生身の姿で書いているのです。そのこと自体が前衛ですが、前衛を生きるからこそ、生きた日常がそのまま詩の場面になっていく。詩を書くことと生きることが一体化しているのです。

ここで辻さんから、『聖なる淫者の季節』の一章から、七章までお話しいただけませんか。

## 永遠ではなくてlongをめざす

辻：順番にいきますと、第一章は、五年間付き合って別れる寸前の男女がいるというところから始まります。その五年間付き合っていた男というのが「精神のイレズミ師」って言われている、何かを求道的に追及しているような人間であって、そのために、話者である女性をないがしろというか、振り回す形になってしまった。女の人の方は自分を見失う状態になってしまっている。その苦しさを最初に述べて、男と別れて、新しい男と衝動的にセックスする。それからアメリカ人の男と深くつき合うようになる。でも、深く愛し合いながらもそれが永続的な関係にならないことが意識されていて、別れては次の男性とつきあうという自由恋愛の生活を引き受ける決意を示すところで終わります。

水田：自由恋愛という言葉はかなり戦前的ですね。

辻：結婚のような固定的な関係を作る制度に見切りをつけて自由な生活に入りますよという宣言がなされる詩だと思うんですが、今までは永遠というもの、永遠の愛というものに夢を見ていたけれど、そういうロマンティックな観念を捨てて、人間の生きていられる時間、人間の現実の寿命に沿ったlong、永遠ではなくてlong、夢でなく現実に根差した人生を送っていくんだ、ということの宣言がなされる。

水田：この第一章はすごく長いけど美しいし、抒情に満ちていますね。この話は、四月から始まって、季節を追っていくのですが、やはり、T・S・エリオットを思い出しちゃいますよね。新しい自由な世界も、その後で、「マイ地獄」と言っているように、この新しい世界が、地獄にも通ずる世界かもしれない、というのも、この一章でもう出ているんですね。

**辻**：出てますね。エリオットのように俯瞰する位置にはいなくて地に足をつけています。

**水田**：恐ろしい、というか、行くところまで行くかもしれない、というような予感、というのでしょうか。それで、「淫者」という言葉も、すごく、重要になってくるんだと思います。単に自由に性を楽しむのではなくて、性に徹底するという、そこが地獄を見せるところかもしれないという、予感、それが一章ですよね。

**辻**：第一章のポイントというのは、永遠ではなくて long をめざす、というところですね。近代的な、永遠の愛という観念的なものではなくて、刹那を大事にした現代的な愛。その場、その場で判断する愛を、自分としては歩んでいく。そこは「地獄」かもしれないけれど、自由のある世界。どんなことになったとしても「淫者」をやり遂げてみせるという意志を感じます。白石さんもたぶん、結婚した時は、結婚生活に夢を持っていたと思うんですよ。その分、別れも結構辛かったんだ、ということが、第一章読んでいるとひしひしと感じられますよね。白石さんは決して、自由恋愛にわあーっと軽く飛び込んだわけじゃなくて、いろいろ逡巡して悩んだ挙句、そういう世界に入っていった。気にかかることとして、「男とはほとんど犬である」という詩句があるんですよ。これは勝手な推測ですが、当時の夫であった篠田正浩さんの仕事ぶりを見て、多分篠田さんがあの頃映画監督として認められるかどうかという瀬戸際で、余裕がない面があったのかなという気もするんですけれども、そういう、認められる・認められない、というところで躍起になっている男の姿を、白石さんが見て、憐れみを持って見ていたフシがあるかなあと思いました。

**水田**：この犬というのは、後でまた出てきますよね。それで、犬は可愛いらしいと言っている。確かに、犬は懐いてきて、舐めて、それで、人間の言うこと聞くでしょう。これは、おそらく男の人が、女性と性に癒しを求める求め方が憐れで、犬みたいだ、とも言っている、と私は思います。よだれを垂らして、すりよってきて、諂って、哀れだと。篠田さんのことではなくてね。男性世界で辛いことがあったときに、身近な女に癒しを求めるという、そういう見慣れた男性の姿を、蔑みながら、憐れんで、犬みたいなものだと言っているのだと思います。

**辻**：男は女に甘えてるんだ、ということですね。それを醒めた目で見ている。離婚後につきあった男性については、「アメリカの夢」という言葉が出てくるので、この人はアメリカ人なんだ、というのがわかります。トランペット吹きでボクシングもやっている。かなり具体的なことがはっきり書いてあります。

**水田**：初めからね。

**辻**：こういうところは絶対ポイント外さないんですね。だから、その、白石さんの書き方というのは、基本的に暗喩をいっぱい使っているので、実際に何があったということを全て明確にしているわけではないですが、ここぞという時のポイントは明確に書いてあるんです。

**水田**：だけど、白石さんの暗喩って、具体的指摘なのですから、読み解かなきゃならないような暗喩じゃないような気がします。黒人一般を指し示しているのではないし。

**辻**：おっしゃる通りで、出来事のおおまかなガイドラインと話者の気持ちの流れがわかればいいという書き方です。但し必要なことはきっちり伝えていく。伝える詩であって、読者の恣意的な読みに委ねる詩ではないです。

**水田**：「男根」では、米軍の基地なんか行って相手を見つけるわけだから、「男根」の背景というのも、アメリカ兵だったと思うんですけど。『淫者の季節』では、明らかに、この相手は、アメリカ兵、そして黒人なんですよね。一九五〇年代、六〇年代初頭では、黒人は本当にアメリカ社会のはぐれものなんですね。それが六〇年代の半ばになると、黒人は反抗する主体になっていく。ここで、キング牧師の死のことが出てくるでしょう？　黒人は、単に可哀そうなはぐれものではなくて。むしろ、すごいパワーを持って反抗してくる存在になる。私は、「男根」の中で出てくるボーイハントされている人と、ここで徹底的に書かれていく黒人は、また時代がそれだけ経ったので違っているんじゃないか、と思います。この、入れ墨男というのもね、これは篠田さんだと私は思いませんけれど、大変よく書いている、というか、理解して書いていますね。精神を削って、それを薔薇になって、女の心の内面に入れちゃったんだ、というようなことですね。『淫者の季節』の初めのほうの章では、まだ、黒人というか、男性にあまり絶望していない。彼女も言っている、魂とかソウルとか、それから、longと一瞬がペアになった、まだ「永遠」とか、そういうのを感じさせてくれる相手だったんじゃないですかね。後のほうになると、違ってくるような気がします。永遠とは性の快楽の頂点の絶対的瞬間を、永遠を掴んだ、あるいは現実を超えた永遠の経験の瞬間と感じられているのだと思います。永遠は瞬間であることが、ポイントでもあり、皮肉とユーモアでもあります。現実と永遠が対比されているのではないでしょうか。

**辻**：黒人の米兵に対する想いが最初は個人的なものだったけれど、後になるに従って、彼らが立っている社会の背景について考えを巡らすようなものに深まっていくわけですね。

**水田**：だから、まだ、この導入部では、男性との性というのは、求めるものというのが非常にはっきりしていたんじゃないか、と私は思うのです。

## 世界の変化を詩に取り入れる：「はぐれもの」の変容

**辻**：第二章にいきますと、最初の詩は四月で始まって、今度は夏ですよね特定な恋人がいて仲良くやっている光景が描かれています。ジャマイカのラムはうまい、と書いてあるので、ジャマイカ出身で米軍に入ったのかなと思います。

**水田**：そうですね、

辻：一緒にボクシングを観に行ったり楽しくやっていたんだけど、夏に付き合い始めて、秋には別れている。ここはちょっと、男との付き合い方を彼女として見つけたのかな、というんですかね、男と付き合っても、男に振り回されたりはしませんよ、というような態度を、第二章あたりで作り始めたのかな、とそんな感じが私にはするんですが。

水田：七人いる米兵というのは、皆配置転換で移転させられるわけですよ。世界で戦争とか何か異常事態が起きたらすぐ飛んでいかなきゃならない。それから何年かいると、本国に返されたりするでしょう。だから、基地の人たちとの付き合いというのは、これは別れるに決まっている、というより、別れを前提にしている。結婚して、それこそ戦争花嫁でアメリカへついて行かない限りね。また、日本に残るということも、非常に難しい選択肢で。だから、これは別れることを前提にしている関係だと思う。結婚というゴール、恋愛の安全弁がないのです。それが淫者になる必要条件かもしれないのです。それが関係も、別れもだんだんと現実的になっていき、彼女が深入り、というか憐れみの感情移入をしていけばいくほど、その条件が露わになってくるのが第二章ですね。

辻：ああ、なるほど。そういうことかもしれませんね。

水田：別れちゃって、悲しい、と。とってもいい男だった。馬が合うというか、楽しい関係だった、という。

辻：だけど、取り乱しているようには見えないですよね。

水田：まったく。

辻：第一章の、その、精神のイレズミ師の男と別れた時は、取り乱していたと思うんですよ。永遠を誓った愛が壊れてしまったことに対して。それが、第二章になってくると平常心で受け止めている。そこで、「聖なる淫者」としての第一段階を超えたのかな、という感じに見えました。

水田：そうですね。

辻：で、第三章になってくると。

水田：短いんですね、第三章が。

辻：第三章は冬なんですね。ここで大きな事件が起こります。フロリダから手紙が届いて、これを「死にかけた神の／まだ死なない　悪霊にとりつかれた／すなおな声が／フロリダから　西荻へ／ひと声　堕ちた」と表現しています。強烈な表現ですね。具体的に何が起こったとは書いていませんが、この後に「鷲を撃ち殺したい」という言葉が出てくるんですよ。鷲は、アメリカの国鳥ですよね。

水田：大正製薬のマークでもあるけどね。（笑）

辻：（笑）。ベトナム戦争が激化していって、テト攻撃があって、北ベトナムが反撃に出て、アメリカ軍に多大な被害が起こったのが、だいたいこの頃。

推測するに、戦争で重症を負って、亡くなったとか、あるいは、精神に異常をきたした、とか、そんな感じではないかと思うのです。

水田：そう思います。その頃は、ベトナム戦争で心傷つけられた人たちの問題が大変深刻になっていく時代です。大きな転換期なんですね、アメリカにとっても、黒人にとっても。そういう背景が、反映されていて、そこを読み取らないといけない。言葉の解釈だけでは読み取れないのです。ファイト一発で、また戦いに出ていく男たちではなく、心を壊された、自信を失ってやけになったり、あるいは内向きになっていくアメリカの戦争の後遺症を抱える逸れものたち。

辻：感じますよね。時代の変化、世界の変化を鋭く嗅ぎ取って詩に取り入れている。

第一章で出てきた「アメリカの夢」は何やらぼんやりした異国としてのアメリカだった。その時のアメリカとは全然違うもの、戦争して国民を傷つけるアメリカに対する怒りが、「鷲を撃ち殺したい」という強い言葉に出てきているのではないかと思います。

この詩集ではないですが、白石さんは「マイ・アメリカ」という詩も書いてます。で、これは、アメリカの成金趣味みたいなものを批判している詩ですけど、彼女は、アメリカの文化はすごく好きなんだけれども、軍事大国としてのアメリカとか、資本主義の権化としてのアメリカっていうのはすごく嫌いです。

水田：大嫌いだったと思いますよ。アメリカ人でも、お金持って何かする人っていうのは大嫌い。資本主義社会ではお金は権力ですからね。彼女が一番嫌いなのは、お金で何かする人と、威張っている男の人。これはもう、決定的に嫌いなのですね。アメリカ人だけではなく。

## 国家を肌で批判する

辻：第三章でもって、アメリカの悪というものを、身を持って体験した、というか、肌を持って体験したというか。肌と肌を合わせた仲というところから国家の批判がなされていくわけです。これは、例えば、鮎川信夫のアメリカに対する批評的な態度とはかなり違うなと思います。距離を置いた批評家としての立場ではなく、愛しい者の傍にいる者としての真情溢れる叫びです。国家の問題を肌で考察している。

水田：自分の性をもってまじりあった、そして好きだった男が、本当に、酷い目に遭って、死にそうになっているのか、手紙が届いたというから、死んではいないのでしょうが。ひどい精神状態か、心理的傷を受けているかですね。それに対して、冬の短い第二章があるんですね。

辻：第四章になるとですね、季節は春ですよね。

水田：また、春なんですね。

辻：多分一九六八年、春の粉雪が降っている。その中で、話者がサンフランシスコに行くんです。「ソフト帽をかぶった男」に会うためですね、随分唐突ですが。（笑）

水田：誰なんだろうと思ってしまいますね。（笑）

辻：プライベートを明かさない、謎めいた人物らしいんですけども。魅力的ではあるけれど危険な雰囲気がある。何かこう、付き合って生活のペースが乱されたり、とかですね、そういう苦労があったということが書かれています。詩の中に「十二時間の労働」とあるので、長時間労働に耐えながら生活している人のようですね。

水田：そう。

辻：この暗い影は、過酷な生活をしているところからくるんじゃないかと思うんですね、貧しくて蔑まれている、というような。この人は白石さんにとって印象深い人だったのか、他の詩にも登場します。「フカの男」と呼ばれている。「わたしは海のむこうで／薔薇に　恋するフカをみた」と書いてあるので、相手を食い散らかす、とか、振り回すとか、そういう危険な性格のようです。

水田：女たちを飲みこんじゃう、って書いていますよね。女に対して薔薇という抽象的観念がある、その上、自分の自我への屈辱を女に向けて発散する男。女を食いちぎるが、観念的には憧れていて、薔薇という象徴にしている。自分の自我の苦しみは、薔薇となって捧げられると。犬男からさらに辛辣にフカ男は書かれていますね。

辻：そうそう。ここで、白石さんが、そのソフト帽の男に対してどんな想いを抱いているかということを考えていくとですね。多分、その暴力的な面についてはもちろん嫌だと思っていたんでしょうけど、その裏にあるもの、心が屈折しているからそういうことをするんだ、ということも理解しているのかなっていう気がするんです。具体的な事情はわからないんですけどね。

水田：それね。このソフト帽の男というのはね、私はおそらくアメリカの詩人じゃないかと思うんだけど。ビート世代の詩人、その成れの果ての男。

辻：ああ、なるほど。

水田：ビートの時代が終わって、身を持ち崩していく、『吠える』で哀悼される詩人たち。労働しないと、食べていけない詩人たち。サンフランシスコにたくさんいた、ビートの生き残りのような人だけど、すごく詩的で、格好いいというイメージが湧いてきます。ソフト帽かぶってこう格好良くて、自我も強い、そして、女性たちをみんなこう飲み込んじゃう。鱶に飲み込まれたら大変なのでという、強い男は駄目だけど、そういうような自信を失って自分より弱いものを食い物にする男、女を食い散らしちゃう男ということなんじゃないか、というように読んでいます。この人、誰ですかって、白石さんのパートナーの菱沼さんに聞いているんだけど。これ、彼以前だから、わからないんですって。(笑) ソフト帽なんていうからね、サンフランシスコのシティライツ・コーナーなんかにいる、ビート詩人仲間の人なんかじゃないかしら、と、黒人のビート詩人とか。

**辻**：際立つ魅力を持つアウトローな感じの男。だけど、彼が陥っている辛い境遇ということも、ちゃんとその思いやるところが、何かすごく優しい。

**水田**：優しいんですよね。

**辻**：嫌なところはあるにしても、人間として突き放すことはしない。白石さんの人に対する態度はいつも情があってすごく優しいですよね。白石さんの人間性がよく表れている章だと思います。次の第五章は更に優しさに溢れています。

**水田**：そうですね。

## 男の弱い姿

辻：第五章は多分その男と喧嘩別れをする、というところから始まって、マーティン・ルーサー・キング牧師が殺されたことを思い出す、二月の詩です。話者は「日本のディートリッヒ」、有名な女優のマレーネ・ディートリッヒを気取っている。この時期は、多分、彼女が送ってきた自由恋愛の生活というものが、ある程度安定してきて、経験も積んで慣れてきた頃だと思うんです。自分はクールでかっこいい女なんだって、自負する余裕が出てきたのかと思うんですが、ここで唐突に「突然泣いてしまう」という言葉が出てくる。その事情を述べるところが面白いんです。ジーン・テーラーというベーシストと一緒に飲んで、彼が酔っ払って泣いた、っていうことを書いていますよね。「ベースよりも女がいいんだ」って。

水田：心打たれるところです。

辻：ここちょっと注釈が必要だと思うんですけれども、このジーン・テーラーというベーシストは、日本にファンキー・ブームを巻き起こした、ピアニストのホレス・シルヴァーのグループの一員として来日したことがあります。すばらしいベーシストです。この人は、歌手のニーナ・シモン、黒人の解放運動もやっていた歌手なんですけれども、彼女のために、キング牧師を追悼する曲を書いています。だから、ジーン・テーラーが酔っ払って泣いた、というのは、表面的には女が欲しくて泣いたというふうになるんですけれども、本音としては、虐げられている黒人としての悲しみがある。心の拠り所としてのキング牧師が亡くなったことも、多分どこかであるんですよ。その悲しみがわかるから、テーラーと一緒に、泣いてあげているんだと思うんです。

水田：その泣きたいもの、涙というものを常に胸の中に持っている人たち、ですよね、黒人も、詩人も。だから、とても感動的ですよね。突然泣いちゃう。まあ、ベースより女がいいんだっていうのは、切実でもある。ベースは大きくてこうやって抱きかかえているんだけど、でも、女のほうがいいんだって。柔らかいからっていうのは、本当に泣かせちゃいますね。音楽も、詩も、そしておんなも救済にならない心の奥深くある悲しみ。

辻：おかしいんだけど、泣かせますよね。

水田：このあとの、テレフォンブースの泣いている男もそうです。

辻：男の弱い姿をよく受け止めていますね。この黒人たちの悲しみに感染してもらい泣きするっていうのは、第一章からずっと黒人の人と付き合ってきていて、この第五章ぐらいになってくると、だんだん彼らの心情を深いところで理解するまでになってきているということではないでしょうか。彼らのちょっとした言葉や仕草から、黒人としての悲しみというものを察することができるような状態になってきているのか、と。

水田：そうですね。でもそれは白石さんの悲しみでもあるのです。突然泣いちゃうっていう彼女自身の心の中に隠されている悲しみ。

辻：そうなんですよね。

「黒い敗北の死骸」という言葉も出てくるので、黒人たちの悲しみを自分のことのように感じているのがわかります。最後は恋人と、この人も恐らく黒人ですが、仲良く朝食をとるシーンで締められます。「敗北の狼煙」というドキッさせる言葉が出てきますから、和やかな食事の最中にも黒人の方たちの不安を感じ取っているのでしょう。

水田：泣かせるところなんですよね。敗者であることを認めあっている、これも彼女が感じている性の地獄なのです。

辻：それで第六章ですね。早朝って書いてあるので朝帰りかなんかしたのかなと思いますけど、男が電話ボックスで泣いている姿を目撃した、というところから始まります。男の弱い姿を見るっていうか、第一章のように男を犬になぞらえています ね。「男の犬の　吠える声がする」と、虚勢を張っていてそれが剥がれ落ちた、男の惨めな様子を描いています。そんな体験談で始まって、テナーサックス奏者のジョン・コルトレーンのアルバム『クル・セ・ママ』に感銘を受けた、ということを書いています。

水田：コルトレーンって日本に来ているんでしょう？　いつ来ているんですか？

辻：コルトレーンは一九六六年に来ているんですが、白石さんが聴きにいったかどうかはちょっとわからないです。ちなみにコルトレーンは世界の平和に関心を持っていて、過酷な日程を縫って長崎平和公園を訪れたそうです。亡くなったのは翌年ですね。

水田：もしかしたら会っていないかもしれませんね。でも深く共感しているのがわかります。

辻：『クル・セ・ママ』はその時点で日本で発売されたコルトレーンの一番新しいアルバムだったらしいです。

水田：一番最新のね。

辻：『クル・セ・ママ』というアルバムについてひとこと言っておくと、これ、ヴォーカル入りの作品なんですよ。この曲の歌詞とヴォーカルを担当しているジュノ・ルイスは、パーカショニストでありヴォーカリストであり楽器製作者でもあり、詩も書いているんですね。この人はどうも黒人のアートの普及に力を尽くした功労者らしいんですよ。白石さんはそうした裏の面もご存じだったんじゃないかと思うんです。

水田：知っていたかもしれませんね。その頃のアバンギャルドの画家とか、多領域の芸術家たちと付き合っていたからね。時代の感性、時代の思想の抒情を捉えている芸術家たち。

辻：だから、単に音楽の美しさに感銘を受けた、だけじゃなくて、黒人たちのルーツであるアフリカまで遡る原初的な母の声が聞こえてくる、というようなコンセプトに心を動かされたのではないかと思うんです。ここで母性の問題というのが出てくる。女性の中にも男性の中にも母性というものはあって、命を守っていく、それは普遍的な観念だと。

水田：そうですね。でも命は守りきれない。母性には守ると同時に個を捨てるや子離れの感情も入っているのです。母性というと、目に見えない、現実には見ない象徴的な概念ですが、母胎はそこにある女の身体として実体があります。それは命を生み、乳を与え、子らを寒さや雨から守る場としてあるのです。傷を折ったとき舐めてもらうために帰る場でもあるのです。

辻：ええ。それを、白石さんはしみじみと感じ取っていて。

水田：感じているんですよね。だいたい、白石さんの男性論の中にずっとそれは底流で流れているんですよね。やっぱり『クル・セ・ママ』じゃないけど、そういうものを求めていく男たち。

辻：『『クル・セ・ママ』は白石さんの他の詩にも登場していて、よっぽど感銘を受けたんだなっていうのがわかります。第六章はその後いろいろな展開をします。イクヤっていう、話者が親しくしている人のお母さんが亡くなった、という知らせが入る。イクヤというのは俳人の加藤郁乎のことだと思います。そして人が亡くなったというのに、ティナさんという遊び仲間は、踊りに行きましょうよ、と誘うんですよね

（笑）

水田：断るのね、それは。（笑）時代の中の死を見てきた人の、個人的な死との対面です。

辻：白石さんは現実の人の死というものを、残された者の悲しみも含めて厳粛に受け止めるけれど、そうでない人もいる。そのことを怒っています。第七章では、本当の死というものと、堕落した人たちのニセの死というものが対比されます。

水田：イクヤのお母さんが死んだ、今日はその通夜に行くっていうのは、ずっとまた後も出てくるでしょう。

辻：出てきますね。

## ソーメンと終わりの感覚

水田：背後で、ベトナム戦争が起きている、それで、自分の恋人たちも傷つく。ところが、同時に、こちら側では日常の中の個人の死というものがある。これを彼女が、繋いでいるのです。彼女が非常に日常的なことを書いて、日常的な中に確かな死というものを見ているけれど、同時にもっと大きな戦争が起きていて、たくさんの人が死んでいったり、自分の、すでに他者となった異国の恋人も死んでいく。それともう一つは、そういうものに全然関係なく、やっぱり、踊ろう、という、そういう日常の現実は確かで、人が、母親が、死んでも日常は流れていく、という。それこそ白石さんの命の思想がここですごく出ているような気がします。

辻：死という現象が、非常に個人的な局面と戦争のような世界的な局面とに存在していて、固有の日常を生きている自分の心身を通じて、それぞれを重く受け止める。こういう書き方は、白石さん以前の戦後の現代詩にはなかった。戦後詩はどうしても事態を俯瞰した視点で眺めて、それをざっくり比喩にしてしまう。身体が接した細かな事情を落とさずに比喩を立ち上げていくところが、当時の白石さんの新しさだったと思います。

水田：イクヤさんといったって、読者には誰だかわからないわけでね。そういう個人的な死、現実的な死というものがあって。そして、また、遠くでの死というものがあってですね。コルトレーンも死んだし。というような、大きな世界観の中に命が置かれているんですね。そして日常はそのまま進んでいく、という。本当、素晴らしいところですよね。

辻：死について語った後、すごく面白い、印象的なエピソードがあるんですよ。五月になって、梅雨が来て、ジャズクラブに行くと、そこの女主人がですね、ソーメンを食べよう、と勧めてくれる。

水田：そうそう。（笑）

辻：これ、多分、現実に行きつけのクラブがあってですね、最後に馴染みの客だけが残って、ちょっとお腹空いちゃったからソーメンでも茹でましょうってことになって、実際に茹でてみんなで食べたんですよ。それをきちんと詩にしている。何ていうか、いろんな死に巡りあったということがあって、ウェットな心理状態になっているんですね。そのウェットな気分をソーメンを食べるという行為に結び付けて、「そこでは　誰も　せつなくて／首の根まで　瓶の水が熱くこみあげて　あふれかかり／それが　もうすこしで　どこか／近く　あるいは遠くでもいい／自分以外の　もうひとりの人間というイレモノの中に／こぼれこもうとしている」と、深みのある内省につなげていく。思わずぐっときますね。こういう思考の在り方、今でもすごく新しくて魅力的です。

水田：これはこの長い詩のフィナーレの場面でもあるのです。芝居が終わった後、とか、居酒屋のようなところで、閉める前の、当事者たちやそこに居合わせた人たちだけが残った時とかっていうのは、やっぱり、何か、祭りが終わったみたいな、let down の、終わりの感覚っていうのがあるでしょう。皆これから違うところに行くわけです。死んだ人が確認されていくわけですから、すごく、祭りの後のような感じを、表しています。それが「ソーメンをたべよう」となる。季節の終わりの、芝居の終わり、祭りの終わりの打ちげのソーメン、これ、本当に食べているんだと、私は思います。

辻：絶対食べています。そこから哲学的な思索が拓けてくる。

水田：ラーメンじゃなくてソーメン。これで性の季節が終わるのです。よく出しているでしょう、終わりの

感覚を。白石さん特有のユーモアで。（笑）

辻：性から別の視野が拓けてくる様子を現実のシーンに即して描いている。素晴らしい。

水田：『淫者の季節』の終わりを、死の確認とソーメンで。（笑）

辻：ソーメンで詩が書けるかって話ですよ。ここはこの詩集の隠れたハイライトですよ。ソーメンを起点に独自の思考を展開することができた。詩の歴史にとって画期的な瞬間ですよ。日常を重要な思考の対象とみなしているからこうした言葉の深みに到達できるんですよ。ここに着目して作者の思想の独自性を読み取らなくてどうするというふうに、私なんか思っちゃうんです。

水田：これ読んでいたら、本当に、楽しいのです。「淫」なるところなど全くないのです。ただ徹底して性、性的な関係と行為から全てを、世界を見ている。それは個人の、一人の女性の具体的な身体と心の行為なのです。性をテーマとしたり描いたりしたことで著名な作家たちとは大変違っているのです。

辻：このウェットな気分を受けて、次に、ゲイのマサオさんという人の話が出てきますよね。男なのに、男がわからない、という。ここにも、男性論が出てくるんですよ。で、このマサオさんっていう人は、新宿二丁目かどこかにたむろしていたりするような、遊び人だけど繊細な感性の人じゃないかと思うんですけれども、そういう人たちと遊んでいて、ふと彼らの悲しみというのを知るんですよね。例えばこんなふうに書いています。「ベッドの中で　女の子みたいに抱きしめて甘える時　この口髭のうるんだ眼の逞しい胸毛こそ巨大なロンリーベビーだ」。今のようにLGBTが話題になる遥か以前の話です。ゲイの人たちの心情をしっかりとすくっている。男性の身体に生まれてきたのに男性に馴染めない。私なんかはうるっとくるんですけれども、その後の女性／男性論も面白いです。「すべての男というジャイアンツの谷間には／孤独なペニス　黒百合（ブラック・リリー）が咲いているのさ／女よ／黒百合がないゆえに不安ではない女よ／男にかわり　大地になり／この可憐な花を手折るかわりに口づけを／ふみにじるかわりに　優しさの雨を　である」と書いてある。黒百合（ブラック・リリー）というのは、男根であり男のプライドのようなもののことかなと思うんですけれども、男としての意地を無理に維持しなければいけない辛さみたいなものを白石さんは優しく受け止めようとしています。水田さんはフェミニストとして、このへんはどう思われますか？

## 「腐る」ことの素晴らしさ

**水田**：それが「男根」の詩で表現されているのですよ。フェミニズム批評がジェンダーという言葉を作った、と言っていいのですが、ジェンダーというのは、文化的に作られた性差だけのことを指すのではなくて、差別の構造を指しているのです。性差構造の中ではぐれていく「弱者」とカテゴライズされる人たちみんな含めた、ジェンダー構造の中に位置付けられた人や動物、自然差別の構造のことを意味するのだと思います。白石さんは早くから、レズビアンやゲイの人たちとの付き合いがあったのだと思いますが、ここは、ジェンダー差別の本質をつくところで圧巻ですね。今の方たちが読んだ時に、そういう憐れみの存在じゃないんだよ、と言うかもしれないけど。みんなそのジェンダー構造の中で受ける抑圧や屈辱の傷と悲しみや涙を抱えていることは確かなのだから、そういう人たちの視点から、白石さんは世界を見ているのです。そこが、やっぱり、ジェンダー構造の優位に立つ白人男性的な、男性優位の世界の中で考える視点と根本的に違っているのです。白い薔薇を持つ男たちとは。性の淫者であることの、ジェンダー化された規範のセクシュアリティの外にいる人への理解と感情移入なのだと思います。

辻：私は、黒人の恋人たちとの付き合いを通じて、抑圧された人たち全般の心情を掴めるようになってきたのかなと思うんです。ここではゲイの人が登場しますが、レズビアンの人に対しても同じようにその心情に共感できたと思います。第一章の時は自分のことで精一杯だったけれど、第六章の頃になると、人の多様な気持ちがわかるようになってきています。

水田：そうですね。

辻：だんだん彼女の魂のレベルが上がってきて、抑圧ということについて敏感になってきているんですね。

水田：ゲイの人たちとか、自分の、本心が出せない人たちの抱える悲しみや、本当の姿が、みんな、こうして視野に入ってくるんだと思うのですね。

辻：本心を出せない人、つまりはぐれものの心情がわかってくる。

水田：ジェンダーの下位に位置付けられた人たちは、障害を持つ人や、外国人、さらに野生動物も含めて、内面を隠して現実を生きていくことによってサバイバルしてきました。性の淫者の旅の終わりは、自分と同じ位置に位置づけられた弱者たちと一緒に歩んでいく、というのが、この季節の終わりに置かれて、とても感動的です。

辻：確かにそうです。

水田：で、この最後のところの仏陀っていうのはどうなんですか？

辻：ああ、第七章の「仏陀は　オークランドの生まれ／生来の　詐欺師」の仏陀ですね、「仏陀こそは　リアリスト／地上の人だ」と書いています。これはいわゆる釈迦、ゴータマ・シッダールタのことではなくて、醒めた目で物事を損得で考える狡賢い男ということでしょうね。白石さんもそんな男に引っかかったことがあるんだなあと思いました。

第七章は、離婚して自由恋愛の生活に入って七年、経ちました、また、春が巡ってきますと始まります。第一章が四月で始まって、終章である第七章もまた四月。七年間の変化が対比的に描かれるわけです。自由な生活に慣れ、享楽的な人たちを見てきてここで「腐る」という概念を発見する。この「腐る」は、多分いろんな意見が、一〇〇人いたら一〇〇通りの意見が出てくるような、多義的な言葉だと思うんですけれど、「狂気」にとらわれることはそれなりに素晴らしいことだけれど、「腐る」というのはそれ以上に素晴らしい、というような認識が述べられています。

水田：はっきり書いていますよね。ブッダはすぐに「My Tokyo」の瞑想するブッダ、そして、ペルソナが旅に出るにあたって後に残していくブッダを思い出させますし、首を項垂れてそこで自滅していく人たちの心を救済する力を失った存在です。エリオットが、インドの仏教思想に救いを求めている結末と大変対照的です。白石さんはブッダの無力を言うだけでなく、宗教に救いを求める男たちの世俗性や、宗教そのものの世俗性を揶揄しているのではないでしょうか。白石さんの世界はもうMy TokyoのTokyoから遠く離れたところへ来ているのでしょう。

辻：「腐る」っていうのは特殊な意味での、ある種の「成熟」であることは間違いないですよね。「地獄」に通じる道かもしれないけれど、ある道を自覚をもって突き進んで極めていったという点では。

水田：私はこの「腐る」という言葉、普通に取ればいいイメージの言葉ではないとは思うんですが、「成熟」に対する反語のように使われていると思うのです。中産階級的な、制度的な人たちが、教育や生まれ育った階級的な特権的状況の中で成功を目指すを人生を考える時に、いろいろ経験をし、試行錯誤しながら、人間は「成熟」に到達する、という、考え方があると思うんです。それに対して、白石さんは、いや、そうではなくて、「腐る」ということのほうがもっと先にあるのだ、ということを言っている、と私は理解をしています。「腐る」というのは、有機体である身体、魂や心、思想の受け皿としての身体が、最後は腐ってなくなっていく、つまり微生物に解体されていくのです。精神を身体の上位に置く考えから言えば、人生は制度内現実でサーバイブしていく中で成熟に達するのが理想ですが、その人生の終わりでは身体は腐ってなくなり、発酵して微生物になっていくわけです。「腐る」というのは、世の中の人は見せないようにする。だから、遺体だとか死体だとかというのは、もうそのまま腐らせておいてはいけないので、早く埋葬しなきゃないけない。白石さんが、わざとこの嫌な言葉である「腐る」ということを言っているのは、その **ripeness is all** の、「成熟」という、制度的な、精神的な考えによる、人生の最高のあり方というのでは十分ではなく、人間を含めた命が終わるところまで、成熟のその先にある身体が滅びて微生物に解体されるところまで見ていかなければならない、と言っているように思います。「腐る」というのは、「狂気の果て」という意味もあって、人間が死に、肉体が腐るところまで、決定的に、淫者は、そこまで見極めて行くのだ、というようなことを言っているのではないかと思います。微生物に解体されて、命がつながっていく。腐るはいのちのサーヴァイヴァルです。

**辻**：私なんかはね、そういうことも含めて、何て言うか、大きい意味での「成熟」を意味する、と思うんです。中産階級的な「成熟」ではないけれど、自分の意志で望んで突き進んでその道に慣れていく。それも「long」の在り方ではないかと思うんです。

**水田**：腐るところまでいくという、地獄の果てまでという。でも腐ることは生命の再生の源なのです。

**辻**：ただ、清濁併せ飲む、というのとは違うんですね。

水田：それとは違いますね。

辻：抑圧されている人たちの中に入って、抑圧されている人たちの気持ちがわかるという意味での成熟、っていうんですかね。抑圧されている人の中には刹那的な快楽に溺れて堕落していく人もいる。そういうことも受け止めていく。

水田：戦いというのは負ける人もすごく多いわけでしょう。だから、この詩集の最後の方へいくに従って、逸れものの黒人を中心に、戦って敗れる人というイメージがすごく強くなってくるんですね。「成熟」なんていう、どこかぬくぬくとした、人道主義的な概念、制度の中でポジションを得て、家庭を持って、人間的にも人格を高め、意識が高まって、というようなものではなくて、その人生のその先には、人間は他の生き物と同様に身体を持つ存在として「腐る」のだと。吉原幸子の詩に「発光」という詩があるんですが、発光は発酵なのです。一番最後の詩集に収められています。これは傷跡はいつか発光する、というので、これも吉原幸子が持っていたグロテスクなイメージなんです。淫するとか、徹底して死んでいく、という先には、「腐る」、微生物に解体されていくというポジティヴなかたちで、全うしてしていく命があると、肉体を持つものの最後を言っているんじゃないか、と思います。命の循環で、決して個の命で終わらないのです。身体に宿ったいのちは、最後の一滴まで生きられるのです。

## 「狂気」より更に先に行く

辻：いや、まさにそういうことじゃないんですか。「腐る」だと人間が身体的存在であることが露わになります。今の解釈は白石さんが聞いたら喜ぶと思いますよね。破滅していく人とか傷ついた人に対する共感力がこの七年間ですごくついたんでしょう。「鬼面をうつしながら／ゴーゴーを踊る」女とか「腹を鉤十字に裂いてみせた」女とか、強烈なイメージの人も登場しますが、世間の常識から外れた生き方をすることに対し、その人が選んだ道ということで受け止められることができるようになっています。「鬼面の女」は、「命日」という別の詩によると、若くしてドラッグで命を落とした、今でいうところのトランスジェンダー女性です。「鉤十字の女」の方は、放埓なセックスの末に妊娠中絶した女性のことでしょうか。そうした人たちを排除することはしないんですね。「腐る」にはそういう深くて広い寛容さが含まれているように思います。

水田：この七年がなければ、本当に、白石かずこは大きな詩人ではなかったかもしれませんね。だけど、そもそも、「My Tokyo」で、彼女は、身を滅ぼしていく、ギンズバーグが言った best mind of generation に感情を注いでいます。自滅していくことを嘆いているわけだけど。白石さんは、お酒一切飲まないんですよ。それから麻薬などはマリファナさえやらない、という人なんですね。だから、肉体が崩れていくとか、そういうことのない人です。晩年になっても、身体的には崩れることがない、酔っ払っちゃって動けなくなるなどということも一度も私は聞いたことがないですね。だから本当の崩壊は、知的にも理解できる狂気の先の腐るで、それは滅びるよりも発酵するという考えではないでしょうか。肉欲を持つ身体の果てを見つめる目ではないでしょうか。性に淫する肉体は崩れやすいかもしれないけれど、滅びた後に発酵するのです。

辻：知的な「狂気」より更に先に行くというわけですね。さて、一章から七章を通じて読むと白石さんの魂の成長ぶりが、具体的な事例を通してきちっと書いてあるな、と思うんですよ。自分のことで精一杯だった人が、自分とは立場の違う人たちの心がわかるようになっていく。その先に、人の死や人の破滅というものも受け止められるようになっていく。それを自身の生身が接した実感を基に、生々しく、迫力をもって描き切っていく。こんな詩集はそれまでになかったし、現代詩の世界に新しい地平をもたらしたとしか、言いようがない気がするのです。

水田：本当にね。このようにきっちりと読んだことによって見えてくる白石さんの内的な成長の過程ですね。批評家の人たちは、白石さんの詩だけではなく、他の女性詩人たちもきちんと読んでいないのではないか、っていう気もします。

辻：批評家は書かれた言葉を虚心になってきっちり読むというのが苦手ですからね（笑）

水田：女性の書いたものはなおさらね。わからないから読まない、読まないからわからない。

辻：さっきの「仏陀」についてもうちょっと言うとですね、人生の戦いに敗れて破滅していく人たちも書くんですけれども、そこまでいかないこずるい連中のことも言及しているのがすごく面白いんですよ。「ピンクのカーネーションをつけたアメリカ生まれの仏陀」、「ニューヨーク生まれの黒い鼠」、「カナリヤ男」。白石さんもつまんない男とつきあったことが実際あってですね。

**水田**：それを「ブダ」と言っているのが、皮肉でもあり、おもしろいんですよ。（笑）

**辻**：ユーモアもあるし余裕もある。（笑）

**水田**：くだらない男ともつきあっちゃった、と彼女がいう男たちですよね。ブダは俗物扱いですが、簡単に禅に走る人もいたので。

**辻**：ここの書き方がすごく面白い。白石さんは男の本性がわかって即別れるわけですが、その時の台詞が洒落ていて、「fuck me mother fucker／コトバを発射するのである／ピストルでないので　死ぬ人はいなかった／少々　いやな思いをするだけである」。暴力沙汰にならなくてまあ良かった、別れて清々した、といったところでしょうか。この頃になると、経験を積んで肝も据わってきてですね、男の見定めを間違えたら、まあ、こういうこともあるさ、と、「流す」という力もついてきている。（笑）転んでもただでは起きないで、詩の素材にしちゃうんだから恐れ入りますね。

**水田**：この詩集は、自分は闇であるとか暗いとか言っているけど、実はこれ、明るいんですよね。

**辻**：そうですね。

水田：彼女は崩れないんですよ。このブダというのは、「My Tokyo」のブダという、自分の分身的な、黙って見つめている人がいて、非常に大きな存在なのですね。凝視したり瞑想したり、して本質を掴んでいく宗教的な、そして悟りを開くブッダに託されているのですが、瞑想するブダが真ん中にいるMy Tokyoから、だんだんブダが端によけられちゃって、最後は悪いけど、（笑）くだらない男とブダが一緒になっているという、もうこれは確実に彼女が移動するムードになっていることだと思うのだけど。

辻：ずる賢い人、という意味で、仏陀という言葉を使っていますよね。悟りきっているけど、何て言うか、心がない。白石さんは、そういうソウルがない人は嫌いなんですよ。

水田：ブダは先ほどの成熟と繋がっています。賢く社会で生きていく姿と。そこにはソウルが見えないのです。

辻：逆に言えば、ソウルがありさえすれば、「ソフト帽をかぶった男」みたいに乱暴なところがあっても、多少は我慢できるんですよ。

水田：一貫しているのですね。

辻：見事なまでに一貫してます。

水田：『聖なる淫者』で、淫者というのは、淫という言葉や言い方も、堕落の意味あいがあり、倫理的な評価がいつも下されてきたことです。それは、人間の欲の陥りやすいことで、俗の、一つのかたちなんでしょうね、それに対して、「聖なる」と言っている。この対立する正反対の聖と俗の概念と関係を逆転させ、さらに一つにしたところが、白石さんの性思想の中核を作っているのですね。

辻：白石さんは、『黒い羊の物語』という自伝の中で、確か、自分は割と良い家、道徳的な家庭で生まれ育ってきたから、このままだと、聖の世界だけしか知らない人間になっちゃう、だから、淫という世界を努力して学ばなければならなかった、というふうに書いています。多分、その正しい世界の中にいたら、世界の悲惨というのはわからないんですよ。彼女はそれを、肌と肌を合わせることによって知ったんですよね。水田さんはご著書の中で「彼女の身体が、外に向かって開かれ、固有の性と生から、歴史や物語の中の言説に回収されない生と性の痕跡へと、そして外部に現存する他者の性的な生きる喜びと屈辱へと向かい、その身体的旅がいのちの根源へと母胎としての身体を突き進めていくのだ」と書かれています。実に見事なまとめです。彼女は批評家的な立場は絶対取らない。敢えて言えば、「肌の批評家」として現場に立ち会っている。肌を合わせることによって見えてくる世界の悲惨さを、ある客観性をもって記録できたと言えると思います。

水田：そうすると、辻さんの言うのは、「聖なる」というのは、自分のこと。「聖人」であるところの自分が「淫者」になった、とそういうことですか？

辻：「聖人」でもないし単なる「淫者」でもない、まさに「聖なる淫者」になったということだと思います。「淫」を通じて、世界を見渡せる、聖なる境地に辿り着いた、と見ています。

水田：この聖と俗というのは、以前から民間信仰の中で言われてきていることで、淫は俗の中に深くはまっていって、汚れたものや、汚いこと、非倫理的なことの経験から学ぶ、ということでしょうね。聖は人間の欲から身を離していくことを通して達する人間を超えた境地ですから、正反対の価値観です。聖なる淫者とは価値観の逆転と同一化を意味していて、さっきおっしゃったように、その、淫に徹しなければ、決して聖にはならないんだ、というようなことだと思います。キリスト教でも、fortunate fall,「幸運なる堕落」という思想があって、堕落しなければ、人は高みに達せないという思想です。

辻：私もそう思いますよ。最初から状況を俯瞰する批評家的な立場は取らないで、世界の悲惨を凝視する作業を、肌を通してやり遂げたというところが感動的なんですよ。

水田：辻さんの批評家としての評価ですね。

辻：（笑）難しいですね。

それでは、聖と俗をつなぐ、「肌の批評」というものを詩の言葉で確立した、という言い方ではどうでしょう。

水田：白石さんの思考の中には、絶望がありながら、いつも希望がある、という、対立した概念を設定する思考の二分法を無意味にしていく思考法があるのです。永遠と一瞬、生と死、精神と肉体、美と醜、男と女、など、互いに、正反対にあるとされてきた概念を設定して優劣や善悪を決めていき世界観や価値観を形成していく近代的思考を逆転させたり、一体化したりするそういう思想のプロセスがあると思うのです。あくまでも、書いていることは現実の中で起きていることなのですが、それが、どこかで現実を転覆させているところへ至りつくという思考があり、それが二分法、二項対立思考を無意味化していくのです。聖と俗もその白石さんの思想の言葉化で、二分法的論理を解体していくプロセスを見ることが肝心なのではないでしょうか。

辻：人間っていうのは身体あっての存在だっていう考え方が根本にあるじゃないかと思います。身体がある限り、つまり「long」として生きている限り、絶望は襲ってくるし希望も湧いてくる。それが当たり前であって、他人の絶望も希望も、否定しないでまずは受け止めるところから始める。

水田：生命は身体に宿る限り永遠ではなく、長さでということですね。でも身体が微生物に解体されてまた命が循環してくる。そのプロセスまで見届けて、それを実行している白石さんを、神様みたいに思った人たちがいました。これは、私が知っているだけでも、基地でゴーゴーを踊っていた女の子たちには、本当に、神様扱いをしていた人が多かったと思いますね。あの人こそ、本物だ、という。自分を安全地帯に置いて、偉そうなことを言っているというところがない。フェイクじゃないと。

辻：世界の悲惨というものを、その、新聞とかテレビとか書物で知るんじゃなくて、自分の身体で知る、というところが、この詩集の凄みだと思うんですよ。生身の人間に対して生身の人間として誠実に接していく。

水田：やっぱり、この詩集は白石さんの代表作ですね。ここを経過してこそ、その次に開けてくる世界があるのです。まだ、お聞きしたいこと、議論したいことがたくさんあるのですが、例えば、二十世紀の性の詩人や作家たちとの比較や、白石さんの長い詩は「物語詩」なのか。物語はディスコースをもつひとつの世界観ですが、白石さんのこういう詩は、自分史でもあり、「物語詩」とはいえないような気がするのです。

また、この詩集と音楽、黒人音楽に端を発するジャズとの関係について辻さんにお聞きしたいです。その後で、コメンテイターの方達のご意見をお聞きしたいと思います。

辻：彼女はヘンリー・ミラーの小説を読んで、これと似たものを、詩で書けないかというふうに考えた、というふうに言っていますよね。ミラーの小説は、いわゆるストーリーのない小説です。では、ミラーの物語はどこにあるのかというと、具体的な出来事と出来事の間にあり、そのつなぎの中から物語を立ち上げていくんですよね。筋を作るために物語の中に出来事をあてはめていくんじゃなくて、出来事から物語を作っていく、というやり方。これを詩でやると、作者と言葉の関係が小説よりも近いが故に、もっと過激になっていく。一つ一つの出来事から比喩が出てくる。比喩の中に出来事を取り込むんじゃなくて、出来事が比喩を生んでいくんですよね。現実の生は出来事ベースで進んでいく。出来事は個々のものだから言葉の代替がきかないんですよ。みんなが思い浮かぶ一般的な観念が相手ではないんですよ。代替が効かない言葉だから衝撃があるんです。比喩というものが「永遠」的なものでなくて「long」的なものを基礎に置いている。「永遠の物語」ではなく、「long」の点滅の集積が物語を形成していく。白石さんの「物語」というのは、従来型のあら筋ありきの「物語」とは全く違います。ジャズも即興音楽であり、楽譜通りでなくその場の音の状況によって音楽を発展させていきますよね。その意味でジャズ的な詩だと思います。

水田：作品の総体で一つの物語となっているのでしょうかね。事実がメタフォアとして語られていることもないのですから。

辻：少なくともそれまでの戦後詩のメタフォアとは全く違いますね。例えば、荒川洋治が、七〇年代の後半から八〇年代に書いた、日常生活を題材とした詩があります。様々なシーンを生き生きと描いていますが、恐らく現実の個別の出来事を素材にしてはいない。現代の消費社会を生きる人のあるタイプを想定して、それを比喩で言い換えている詩だと、私は思うんですよ。これはある意味で、「荒地」の詩と余り変わらない。表現する対象は違っても、両者とも事態を俯瞰した立場で眺めるというスタイルを取っている。一般に了解されているある観念を、巧みな比喩で言い当てているという意味では、「荒地」の詩と戦後生まれの荒川洋治の詩は、地続きだと思うんです。ところが、そこが白石さんは全然違っていると思うんです。白石さんがやったような生身の身体と個別の現実を軸にした詩は、鈴木志郎康の「極私」と呼ばれる一連の詩以外では、一九五五年生まれの伊藤比呂美がやっと継承した、という感じではないでしょうか。

**水田**：そうでしょうか。

**辻**：比喩が生まれる基盤が違っている。ざっくり言えば、詩の言語の形式上の革命がここで起こっている。

## 権力関係の一番微妙なもの

**水田**：なるほどね。比喩もそうですが、抒情の生まれる基盤が違っているのですね。男性の思考の方法や世界観に対する、女性のそれとの違いですね。男性優位思考の中で形成された世界観と、そこから排除されてきた女性の世界観や価値観、感じ方、抒情や比喩の出どころの違いです。女性がどういうふうに世界を考えるか、ということで、物語詩も自分詩も女性思想の中心的核としてあり、それは課題でもあると思います。富岡多恵子さんもそれをやっていて、「物語の明くる日」という詩は反物語詩なんですね。ヘンリー・ミラーも、本当は物語になっているんだけど、全体的には、反物語でしょう。

辻さんにもうひとつ二つ、お聞きしたいことは、性を描いた文学というと誰のどの作品を上げるでしょうか。まずD・H・ローレンスがいます。彼は確かに性をテーマにして、ずっと書いたと思いますね。ヘンリー・ミラーとか、アナイス・ニンもいますが、後は思いつかないですね。性をテーマにして徹底的に書いた、性を通して世界を見たという作家や詩人。

**辻**：山田詠美も白石さんと同じく、黒人男性との性愛を主人公の経験に即して生々しく描いています。

**水田**：山田詠美さんは白石さんの影響も受けていると思いますよ。

**辻**：ああ、そうですよね。今のご質問の答えにはならないですけど、まず白石さんの影響を直接間接に受けているのは、山田詠美の他に、岡崎京子とか内田春菊のような、性をテーマにした漫画家たちではないかと思うんです。

**水田**：漫画へ引き継がれている！

**辻**：性を通して世界について語っていくというやり方ですね。白石さんは彼女らのはるか前にやっていますが。

**水田**：伊藤比呂美さんも影響を受けている。二十世紀は性の世紀、性に振り回された世紀でもあり、性の物語が書けるようになった時代、とも言われているんですが、ゲイの恋愛の物語だってE・M・フォースターが『モーリス』を書いたのが一九六七年ですから、驚いちゃいますけどね。そういうふうにやっぱり性が抑圧されてきた時代なんだけれども。本当に性について向き合った作家って、考えてみると、すごく少ないと思うのですが。

辻：性について書くということは、権力関係の一番微妙なものについて書く、ということじゃないことかと思うんですね。

水田：そうですね、本当に。差別の構造の一番下からの視点ですから。

辻：シルヴィア・プラスの「ラザロス夫人」って詩があるじゃないですか。あの詩には、男性に抑圧されてきた女性が、「ストリップショー」をやる、という場面が出てきますよね。抑圧をはね返すために裸になる。これは抑圧がいかに強かったかということを、敢えて喜劇的に示しているんじゃないかと思うんですよ。こういう暗い抑圧を描くのも性の詩だと思うんです。私はシルヴィア・プラスという詩人を若い頃読んですごく衝撃を受けたんですが、一九八〇年前後にデビューした白石公子や榊原淳子といった詩人も、性イコール傷である、という考え方を大胆に出してきていました。その源流とも言えるシルヴィア・プラスは、「#MeToo」が叫ばれている今、改めて読まれても良いんじゃないかと思います。

水田：プラスはラザロス夫人もそうですが、「魔女」という概念を女性の裸になっていくペルソナに使っていくのです。それは本当に斬新で、現代女性詩人に大きな影響を与えた逆転の思想です。

辻：ここは文学史の教科書や講座などで必ず触れるべき重要な潮流じゃないかと私は思っています。女性の文学の歴史という枠ではなく、一般的な文学史の核心部分の一つとして、です。

水田：シルヴィア・プラスと吉原幸子は似ているけど、白石かずことは全然似ていない。しかしやっぱり、同じテーマというか、その底にあるものが同じなんですよね。性に向き合った大作家とかはいないという こと自体が、性を扱う文学は主流ではないということですし、そういう意味では、白石さんが性を書いてバッシングを受けたことも当然といえばそうですが、彼女が二十世紀の特記すべき詩人であることの証拠でもあるのですね。

辻：私にはこの話題を語る準備が不足しているんですが、性というのは生きる喜びでもあるし、アイデンティティの揺らぎを問うものでもあるし、さっき言ったように力の不均衡からくる闘争という面もあります。白石さんは性というものを人と人を結びつける大切なものとして肯定的に捉えていることが多いかなと思います。

水田：だから、やっぱり、二十世紀文学を考える時に、そういうことにきちんと向き合った作家、特に詩人は少なかったという気がします。

辻：ただ白石さんの詩っていうのは、楽しく読めるけれど、論じるのは意外と難しいと思いますよ。

水田：特に男性には、難しいと思う。

辻：男性だから難しいわけではないですけど。

水田：そうでしょうか？でも、こんなに男根が揶揄されていたら、また、犬に見立てられたり、かわいそうがられたりしたら、反論したくなる男性批評家は多いと思うのですが。そういう人はまず作品を読まないでしょうね。それは自我の欲求が強くて、権力が欲しい人に男性が多いからです。彼女は男性は決して嫌いじゃない。憐れみと同時に恋をしている。それは、「弱者」というカテゴリーで結びついているからでしょう。

辻：内容というより書き方の点で、白石さんはちょっと特殊だと思うんです。

水田：白石さんは議論を超えているところで書いていますね。

辻：自分としては、むしろ女性の文学のほうがわかりやすくて共感しやすいですが。

水田：現在の視点からだと、その感じはよくわかります。でも辻さんは少数派でしょうね。

辻：自分自身が社会で使い捨てられていく男性という存在であることを意識していたので、ああ、こういう日々の暮らしの中での抑圧は、男性の作家より女性の作家の方がきちんと書いているじゃないかと思い当たったんですね。概して女性の文学は、自分を軸にして小さいことに一つ一つ拘りながら考えを進めていく傾向があるように思うのです。対象をおおざっぱにぶった切るということはしない。生活の細部への具体的な拘りから出発する分、そこから抽出される観念は、生々しく切実なものになる。小さいことを書くことは、作品のスケールの小ささを意味しません。小さなことをきちんと書くことによって深くて広い世界観を拓くことができます。

水田：私も、別に、女性の作品の批評ばかりやってきたわけじゃないのですが。一つ、大きな転換は、私は、小説ばかりを批評の対象にしていたのが、ある時点で詩に移った、ということがあるんです。それは、これだけの女性詩人がいながら誰も評論書いていないんじゃないか、ということに、すごくびっくりして、それでやっぱりちゃんと詩にむかってみよう、と思いました。白石さんについて対談をしたのは初めてですが、特に世代も性別も違う詩人・批評家と話し合えたのは、大変刺激になりました。次回ではさらに考えを進めたいと思います。『聖なる淫者の季節』から「砂族」に行くところで、彼女の根源というか、現実を超えた宇宙へ、あるいは文明の地下へと掘り下げた領域にいこうとするとき、性はどうなっていくのか、話し合うのが楽しみです。白石かずこの後期の詩に入っていくのですから。

## 軽やかな楽しい詩集

辻：この詩集については、ジャズはそんなに出てこないですね。ソウルミュージックが多いですよ。この詩集全体の気分の基調をなすのは軽快なポップスなんですね。ジャズよりも、もっと軽い。ガンガンかけて、ディスコで踊れるようなものですよ。

水田：それこそ、ゴーゴーで踊れるように。

辻：だから、深刻な事件がありつつも、全体としてはすごく軽やかな楽しい詩集なんですよ。自由な生活の解放感に満ち溢れていると言っていいと思います。

水田：だから、「男根」の時はもうやっぱりジャズの作り方とすごく似たかたちでテキストが出来ているけど、ここは、そうでもないんですか？

辻：そもそもジャズとソウルは地続きですからね。どちらも黒人の音楽ですし。白石さんはジャズやソウルに傾倒していたから、その胸をときめかせるリズムを、意識的に言語化しようとしていたと思います。重い音楽に聴こえるコルトレーンだってリズム自体は軽快ですしね。そして、全編に、口ずさんだり踊れたりする楽しいポップスの曲名がちょこちょこ引用されています。彼女がこの詩を書いたのは３０代で、まだまだ若いですよね。青春時代特有の明るさや軽さというものが、漲っていると思いますよ。

水田：テーマと少しチグハグな感じが、また面白いですね。テーマは軽いノリではない、根源的な課題に向き合っているのですが。ドキュメンタリーや日記みたいに書いていく手法も。やはり同じです。深刻な、暗く、困難がテーマなのですが、ユーモアに溢れている。

辻：ただ、日記的な事実を基にしてはいるけれど、言葉には異化の作用を仕掛けているんですね。英文の直訳みたいな、間違った調子の日本語を使うじゃないですか。あれは、素直な叙情としては読むなっていうことを、すらっと読まないでくれ、つっかえながら読んでくれ、と作者として言っているんですよ。だから、すらすらとは読めないいんですよ。この詩集で大事なのは、ある小説的なストーリーを展開しながら、言葉の上では異化という考え方を、しっかり白石さんが持った上で書き進めている、ということですね。

水田：異化についてはそう思いますが、私はそれほど意識しているように思えないところもあります。自然に言語がちゃんぽんなところもあるのではないでしょうか

辻：ああ、そうですか。

水田：彼女は、カナダ育ちですし、自由に日本語と英語を交えて、自分の仕方で語っているのでは。日常会話が多言語や変な訳が混じっているのではないかと。日常的にも白石さんは英語を混ぜて話すことが多いです。黒人の方言やアクセント、そして彼らの日本語など、白石さん自身もバンクーバーの日系人たちの英語や日本語の中で育っているのです。詩というのは、そもそも多言語なのだと教えてくれます。自分に向かって心の中を自分の言語で語るモノローグが多いわけでしょう。一人で勝手に語っている。それも一つの言語です。『砂族』では日記がもっと出てきますね。でも辻さんは、ドラマティック・モノローグじゃなくて、もっとたくさんの人にむかっているんだ、ということを指摘されていて、それは素晴らしいと思います。そこは次回音楽とも関連しながらお聞きしたいと思います。彼女の語りというのが、観客がいてそれにむかって喋るという、吉原幸子的なドラマティック・モノローグじゃなくて、自由に喋っているよ

うに感じます。だから英語も入ってきちゃうし、間違った外国語や日本語も入ってきちゃうし、面倒臭くなるとサムシング・エルスで済ませてしまう。そういう、きちんとした文法的な言語体制を取らないお喋りの語りのところがあると思いますね。で、それは辻さんのいう、ドラマティック・モノローグというカテゴリーではおさめられないものを、この語りが持っているんじゃないか、と鋭い指摘されています。

辻：自由に喋るスタイルを取りながら、簡単に意味を取らせない頑固さがあるのではないですか。小説が扱うような起伏のある物語を扱いながら、小説には絶対出てこない飛躍の多い言い回しを多用しています。ここに出てくるのは多分、全部実際に起こった現実の出来事であり現実の人物ですよ。ところが、白石さんには詩はストーリーや意味を読み取るものではなく、言葉自体を味わうものだという信念がある。だから、裏があるにもかかわらず、裏を簡単には読み取らせないような仕掛けをわざわざ言葉に施している。じゃあ裏にあるものなんて気にしないでどんどん流し読みすればいいかと言えばそうはいかない。これだけ体験の具体性が示唆されていれば、裏を素通りするわけにはいかないです。結果として、ストーリーの要所を落とさず読み取りつつ、発語は発語でじっくり味わうという作業が読者に求められる。すごく楽しく読めるんだけど、エネルギーも必要な詩集ということで、その分論じるのも難しくなると思うんです。

水田：そこが詩が、小説や散文と違うところでしょう。相手を意識しない所が多いから自由で、また流れるような、語りですね。

辻：とにかく型破りなんですよ。「My Tokyo」を思い出すといいと思うんですね。「My Tokyo」は東京がテーマなのに、最初に出て来るのはニューヨークの話ですよ。池田満寿夫と富岡多恵子を訪ねた時の話ですね。で、中ごろに行くと、名ドラマーのマックス・ローチの深夜のライブの話が突然出てきて、しかもマックス・ローチがハンサムだった、みたいな、余計なことまで書いてある。（笑）こういうところは削ぎ落しちゃった方が、流れはスムーズになるし読者はすっと読める。でも、頑としてそうしないでしょう。わざわざスムーズでない形を取っているということです。『聖なる淫者の季節』の次の詩集は『一艘のカヌー、未来へ戻る』ですが、あれも普通に考えると異様な構成ですよ。前半部分は、詩の国際交流で旅した話がずっと続く。で、後半にいくと、今度は彼女が携わったライブ・パフォーマンスの話になる。起承転結のある物語を望む保守的な読者はまず面食らいますよ。白石さんの詩は読者に媚びない、ゴツゴツしたハードな詩なんです。だから、白石かずこを読むためには、先入観を捨てて、作者の書いた言葉を言葉通りに読むという姿勢でいなければならない。そうでないとわけがわからなくなっちゃう。

水田：白石さんの詩を、解釈しようと思うと、わけがわかんないというのはわかりますね。だから、批評家があまり手を付けなかった。ひとつひとつ解釈し、意味を見つけないとダメだと考えるとなると、わかんないところばかりでお手上げだと。白石さんの詩は、白石さんの興に乗っちゃったら、もう、そのまま、連れていかれるような詩ですから。

辻：心理主義的な図式に落とし込んで翻訳したらダメなんですね。詩だからといって叙情に浸らせてもくれない。決して不親切な詩ではなく、必要なことはちゃんと書き込まれているけれど、旧来の文学を一旦捨てないと詩から振り落とされてしまうんじゃないでしょうか。白石さんの詩は、人気があって文学賞を獲ったりする割には、本格的に論じられなかった理由がその辺りにあるかなと思います。

水田：ところが、男性読者にとってはむずかしくても、女性の批評家が読めば、そんなにお手上げではないんですよ。白石さんの詩が解釈不能な、わからない詩であるのは、彼女がわざと異化しているからだけではなく、その世界への入り口がわからないからですよ。女性思考の世界に、そのテキストにどうやって入ったらいいか。

辻：白石さんの詩は、男性の批評家にありがちな、言葉を社会状況とか作者の内面の暗喩に置き換えるような視点で読もうとすると、わけがわかんなくなっちゃうんですよ。

私は意図的に仕掛けてやっているように思いますが、自然にああいう形になっているというのも考えられなくはないですね。心が赴くままに言葉を綴っていくうちに形が規格を超えているとしたら、その規格外の言葉をそのまま素直に読めばいいのに、余計な「翻訳」をしようとするからわけわかんなくなってしまう。ソーメンならソーメンを、何かのたとえとしてでなくちゃんとソーメンとして読めばいいのに、現代詩にどっぷり浸かっていると、ソーメンは何の象徴かという「象徴探し」に迷いこんでしまって、ソーメン自体を読み損なう。

水田：女性の思考の宇宙というのは、男性が入ろうとしなかった世界ですね。非論理的な言語で、中心へ向かう想像力や感性を持たない、曖昧で身体感覚の表現宇宙ですから。男性と女性の感性も思想も分断している、差異の抑圧の時代に、このような大胆な詩を書いた白石さんは、前代未聞の詩人ですが、女性だからこそ書けた詩であるのです。

辻：だから今、再評価をちゃんとしないといけないと思っています。この対談も意義のあるものだと私は思っているんですね。身体を軸にした白石さんの詩は、それまでの文学をひっくり返している。ひっくり返しているんですよ。たとえば、吉本隆明とか堀川正美の文学をひっくり返している。岩成達也も天沢退二郎もひっくり返している。もちろん、彼らは皆すばらしい詩人であって、彼らは彼らで別のものをひっくり返しているんですが、生身の身体を徹底して軸に据えた詩というのはそれまでになかった。「永遠」の詩全盛の時代に、「long」の詩を持ち込んだ、と言っていいでしょうか。白石さんを評価するには、このくらい一種戦闘的な姿勢で臨まないとだめなんじゃないですか。

水田：そうですね。白石さんみたいに、性を通して現実に体当たりするのが日常でもあり、生きることでもあり、思想でもあり、詩作でもあるという女性詩人は、その詩を楽しむことばかりでは、詩がわからないと同じでしょう。

辻：現実を手放さない、生身で体当たりする、という点で、革命的な文学なんですよ。例えば、吉本隆明の「固有時との対話」という詩がありますよね。非常に抽象的な詩です。でも、吉本隆明はその後「転位のための十篇」という詩を書いています。あれは素直に読むと、労働運動をやっていて運動から脱落してしまって、一人でやっているうちに、ガールフレンドからもふられてしまって、全くの孤立無援になってしまった、本当は辛くて仕方ないんだけど、一人で頑張ってる俺ってすごいんだぜ、と強がっている詩、という風に受け取れる。すごく人間味のある、負け犬の遠吠えの詩だと思うんですね。そこから逆算して「固有時との対話」を読むと、ああ、現実の世界で敗れてしまった者が理念の世界で生きようと決意する詩なんだな、と受け止めることができます。デリケートな心情を描いているのだけど、表現がやたら遠回しなので、時代が移ると、今の若い読者は恐らくなかなか気づけない。白石さんの詩は表現が直截的なので書かれた通りに注意深く読めば今でもちゃんとわかります。白石さんは、ハズレの男と付き合って損しちゃった、なんてズバッと書くわけですが、男性の作家は概してそういうことは素直には書かないですねえ。

水田：もちろん、男性作家がデリケートじゃないなんて言わないけど。

辻：白石さんみたいに、現実に、頭を完全に突っ込んで書くというところまではいかない。半分ぐらいは突っ込むけど。私は、男性の戦後詩人の作品を読んでいるとその辺りでイライラしてくることがあるんですよ。

水田：白石さんは現在ご高齢ですが、変わっていませんね。これはついこの間、これ、白石さんからいただいた原稿なんです。すごいでしょう。

辻：すごいですね。私は今という時間を生きているんだ、という気合いが伝わってくるようですね。

水田：それでも、やはり、一時代が終わっていく、という感じはすごくするのが寂しいです。

第二回対談終わり

# 対談3

## 『砂族』をめぐって

### 砂は生きている：性から砂へ、
### 都会から砂漠へ：いのちのトポグラフィーの転換

水田：『砂族』を中心に、辻さんと白石かずこの後期作品を詳しく読み進めたいと思っております。『砂族』は、初期作品の、性を根幹的視点として世界と対峙し、把握していく作品群から、大きく飛躍して、性に代わる、「いのちあるもの」についての視点を導入していることで白石さんご自身が言われているように、白石さんの詩的世界において転機を形成する作品だと思います。

これまで、『聖なる淫者の季節』も含めて、東京をベースにして書かれていて、詩人、あるいはペルソナは東京から世界の人たちと交わっているという、ストーリーの展開だったと思います。しかも、白石さんの、部屋の中で一対一で、愛人との個人的な関係を通して世界と対峙してドラマが展開しています。性的関係も、思考も、詩の言葉も全てが展開するのは都会の中の部屋の中という「場」なんですね。性的関係を持つ個人／他者を通して見えてくる世界です。これは現代詩にとっては画期的な展開だったのですが、そこからの転機となる『砂族』へ至る道には『一艘のカヌー、未来へ戻る』で、部屋からも東京からも外に出ていく、という経験の背景になる、トポグラフィーの転換があり、それが大きな転機をもたらしていると思います。

辻さんが仰っているように、白石さんは自分の経験を基にしながら書いていく詩人で、この頃は白石さん自身が外の世界、海外の世界に出ていかれている時期に当たるのです。世界のいろいろな詩祭に呼ばれて行って、そこで多くの詩人たちに出会う。しかも、その詩人たちは亡命者であったり、権力や社会的抑圧、家族の暴力から逃亡していたりする。そういう故郷離脱、故郷喪失の詩人たちで、そのような人たちに会う中で、この『一艘のカヌー、未来へ戻る』という詩集が書かれていくわけです。余所者として生きていく世界の詩人たちとの個人的な絆と心の絆が創られていきます。

もう一つ、この変転期に白石さんは、動物詩を多く書いています。この動物詩というのは、白石さんの詩の全体の中で、間奏曲と言っていい感じがあって、動物を話の主体、時には語り手にしながら書いている詩です。動物詩に関しては辻さんが詳しく読解しています。

このような経緯を経て『砂族』に至っているのです。特に、『聖なる淫者の季節』の場合は個人的な相手がいて、その人との具体的な関係を通して世界を見る、という視点ですし、『一艘のカヌー』では共感する他者の伴走者として、主人公である亡命者と経験を共にしていくことで世界と出会っていく。亡命者の旅に付き添って、一緒に走っているのですが、ここでも、やはり、亡命者という余所者と個人的な心の関係を作っていくという、他者とのつながりが基盤となっています。

ところが『砂族』は、伴走者もいない一人旅です。そういう意味で、非常に大きな転換の詩なのです。「性」から「砂」へ、白石さんの一人「旅」、思考と詩作の単独者の「旅」への推移は感動的だと思います。白石さんはここで、自分自身がはぐれものという存在意識を作品の旅する語り手であるペルソナに託して、詩世界に主体形成していくのです。

これから辻さんに、『砂族』の読解といろいろと話をしていきたいと思うのですが、『砂族』は、私にとっても非常に思い出深い詩集で、白石さんが、カルフォルニアのリヴァーサイドという、砂漠への入り口の街に住んでいた私のところに滞在されて、砂漠へよく行ったことが背景になっているのです。リヴァーサイド一帯の農業を潤した大きな川が、現在は水無川になっているということに、白石さんが非常に、強く感じ入ったというのが、この『砂族』の詩のきっかけになったということです。

先ず、辻さんにお伺いしていきたいと思います。一番最初の「手首」の詩は、どう読まれますか？

辻：『砂族』は複雑な構成の詩集ですが、冒頭の「手首の丘陵」で、自由な往来ができる手首の丘という場所があり、それは素晴らしいことだという宣言がなされ、これが全体の基調を形作っています。手首をかく男という人がいて、手の国と腕の国があり、人々がその中間地点である手首の丘を往来する。不思議なことを考えるものだなあ、と思いました。

水田：本当にそうです。

辻：「手首の丘陵」は序詩という位置づけで、何物にも縛られることのない自由な交通を讃えることから始まります。そこからアメリカのリヴァーサイドという砂漠地帯で水のない川の存在を知ったことが語られる。ここがきっかけとなって、砂という物質について様々なアイディアが噴き出すわけです。今は砂ばかりだけど以前は川が流れていた、じゃあ砂とは何なのだろうと、一気に想像が爆発するんですよね。この想像の爆発が、世界を跨っていくんですね。ここはアメリカのリヴァーサイドなのに、オーストラリアのウルルに行ったり、アフリカのサハラに行ったり。世界各地の砂漠地帯にいきなり想像が飛んでいく。と同時に、時間軸も現在じゃなくなって、太古にタイムスリップしたりする。砂漠が広がるエジプトは、古代文明が栄えた地域でもあるので、古代の人々や神々にまで想像が飛んでいく。砂というものの性質をいろいろ考察した後に、何と実際にエジプトに行くんですよね。ここが面白いところで、最初は観念的なものとして砂があるんですけど、現実の砂漠の砂を見にエジプトまで足を運ぶという展開になる。実際に旅行をして、その旅行記が綴られるんですね。どこのホテルに泊まって、何をしたみたいなことが延々と書かれる。その間に彼女が経験した神秘体験のような幻想的な光景が挿入され、現実の出来事と幻想がないまぜに描かれていきます。そこから意識がまた飛んで、アマゾンの蝶道（蝶々の通り道ですね）飛び回る蝶に同一化して、超常的な感覚に陥る。それからまた話が飛ぶんですが、今度は、D氏と緑人という人物（O氏というのは舞踏家の大野一雄を、緑人というのはフリージャズのチェリストの翠川敬基を指していると思うんですけど）と一緒に行ったライブパフォーマンスの様子が描かれる。そこでは、水と砂という、正反対の性質の物質の互換性ということが、生と死の互換性とともに、示唆されるんです。こうやって盛り上がってきたところで、今度は眼の国というものが登場するんです。最初に出てきた自由で寛容な手首の丘陵と逆で、眼の国は非寛容な思想の国。その非寛容の勢力が増している危険が語られていきます。で、最後の詩は、サウジアラビアから帰って来た青年がアラビアのロレンスの義眼―まあこれ模造品の玩具ですね、そんなのあるわけないので―をお土産に持ってきた、という話から始まる。そして現在にも至る中東地域の非寛容な状態が示される。まるで眼の国のような非寛容さです。端折りに端折ると『砂族』の全体の流れはこんな感じです。『砂族』という詩集は、自由奔放な砂のイメージで一気に突っ走るようなものではなくて、自由を求めながら非寛容にもぶち当たる、紆余曲折を描いているんです。

水田：ただ、『砂族』のはじめのところで、砂族の自分はスピリットだ、と言っていますよね。

辻：自分が砂族の側にいることは宣言してますね。

水田：そこは砂の発見でもあるのですが、砂のスピリットになっていく、というところで、砂は身体ではなく、性のないスピリットなのです。蝶道に行くのも、ひとつのそのスピリットを探しに行く、というところに繋がっていくと思うのですが、エジプトに行く中で、彼女はずうっと砂を掘り下げて行って、至り着くのはスフィンクスですよね。

辻：そうですね。

水田：そこが大変、私はおもしろいと思っています。白石さんは、クレオパトラと似た髪型をして、常に古代の砂の国の女王を自己イメージとしてきた印象を与えてきたのですが、白石さんが本当に自分をアイデンティファイしたのはスフィンクス、だと思います。私は感動しますが、そこはどうお考えになりますか？

辻：まず、スフィンクスを生きた動物として捉えるのがユニークです。

水田：本当に。

辻：スフィンクスというと象徴性をまとった神様みたいなものと、普通の人だったら考える。ところが、白石さんはスフィンクスというのは何よりもまず動物だとして、自分もライオンみたいな動物に変身してみるんですよね。王宮の中庭にいて、自分はおとなしい、とか、人に危害を与えたりはしない、他の神様に挨拶すると語ったりしています。

水田：ライオンから入るのね。

辻：スフィンクスはライオンなんですよね。スフィンクスがライオンだということを忘れてる人、結構いるんじゃないですか。ところが、白石さんはスフィンクスが手の届かない象徴的存在とは思わないで、自らスフィンクスの中に飛び込んで生きたライオンとして動いてみせるわけですよ。スフィンクスの身体感覚を問題にする人というのは、まずいないですよね。

水田：本当に鋭い指摘だと思います。スフィンクスは、沈黙しているのです。いろんなものを見ているけれど、黙っている。それが、女性の内面のありかたと照合しているように思えます。これまで生きてきた生き方、と言うんでしょうかね。沈黙しているが、非常に大きな知恵を内包していて、近寄るものに謎をかける。スフィンクスは答えを知っているのか、求めているのか、相手に謎かけをして、それを答えさせる。相手に、それを探求させる、という存在として、女性の内面表現を表している。謎をかけられたものはもう元の自分ではなくなる、人生の、あるいは宇宙の謎にこたえる思索から逃れることができなくなる。白石さんがスフィンクスに自分をアイデンティファイしているのは素晴らしいと思います。でも、仰るように、これはライオンなんですよね。

「性」から「砂」へ――人間の唯我独尊解体の水先案内は動物なのですね。

辻：この感覚は普通じゃないですよ。男性中心の観念的な現代詩においてはなかなか出てこない発想だと思います。身体というものを表現の基盤に据える白石かずこならではじゃないですか。宇宙空間に行ったり、蝶道に迷いこんだりする時でも、ちゃんと身体はあるんですよ。例えば、冒頭の「手首の丘陵」。痒いところがあって手首をかいている男っていうのが実際にいるという設定です。白石さんには、かいている動作が見えているに違いないんですよ。『砂族』の砂というのも、抽象概念ではあるけれど、明確な定義を常に逃れる、擬人化された動的な存在であるわけですよ。抽象的な概念に対しても、それに迫るアプローチとしては身体や物質を使っていく。

**水田**：この身体というのが、性的ではないですよね。

**辻**：そうですね。『聖なる淫者の季節』の頃とはそこが違っています。

**水田**：この『砂族』から、生身の性を通してみるという視点が、全くと言っていいほどなくなっている、と私は思う。ただ、一箇所だけ、見ていた男の身体の方に、興味があるっていう、その、ちょっと性的な描写が一箇所だけありますけど。ほとんど、「砂」というものが、性や性的身体を超えた存在、性や性的身体を無くした、というか砂粒にまで還元された命、スピリット、というものにシフトしているという感じがします。

それと、もう一つ、辻さんにお聞きしたいのは、水がないという川、表面は水が乾いてしまってないのだけど、下は流れている、というところです。『砂族』のスピリットというのは、目に見える表面ではなく、その下で生きていると言っているのでしょうね。これ、大野一雄さんのパフォーマンスとも繋がるのですが、宇宙の川辺で洗濯する、なんていう、素晴らしいフレーズが出てきます。川とか海辺とかで、そして今度は水のないところにいながらも、洗濯をする。日常的な風景から原初的な情景へ飛躍して、洗濯という日常行為が、どこか普遍的なものになっていく。

アラブの女性たちとか非西欧的な社会の中で女たちはいつも洗濯しているんですよ。生活の根本に食べることと同じよう洗濯をして身体に汚れを落としたものを纏う、ということが必要なのです。アラブの、ベドウィンの女たちの姿が、私などはすごく印象が強いのだけれど、大野さんは、パフォーマンスで洗濯するんですよね、パフォーマンスで。そこはもう宇宙の川縁なのです。そういう想像力がこの詩集の中でこうずっと凝縮していく。

辻：大野一雄の舞踏は、何かを越境するようなパフォーマンスに特徴がある。踊りながら、一つのものに止まらないんですね。その止まらないというのは、決して個を無視するとか無化するということじゃなくて、個体は個体として保持しながら、どんどんそれを変形していったり他のものに突き抜けていったりする、そういう変幻自在さがある。大野一雄が、例えば男から女に変身するというようなことと、『砂族』の砂が水を呼び込んでいくっていうこととは、多分、近親性があります。最初にリヴァーサイドの水のない川から始まって、大野一雄の舞踏に触発されて宇宙の果てで洗濯するところまでいく。洗濯するベドウィンの女性たちのイメージまで呼び寄せたりする。飛躍につぐ飛躍を持つそのプロセスが、読むと非常に自然であることに驚かされるんです。

水田：そうですね。

辻：常識で考えるとこれ以上ないというくらい荒唐無稽なシーンですよ。その荒唐無稽を、律儀にきちっと展開することで説得力を持たせる。面白いのは、彼女の語り口というのが、ちょっととぼけた感じなんですね。白石さんは、水田さんが指摘されたように、ペルソナを活用して、作者がじかに出るんじゃなくて作品の内部に語り手を造形してその語り手が物語っていく、というやり方をとっていると思うんですけれども、その語り口にすごくユーモアがあるんですね。一種のほら話を展開しているという側面があると思うんです。ほら話で読者を煙に巻きながら、真摯に律儀に、思想を込めていく、そういうやり方を取っていると思うんですよ。

水田：『聖なる淫者の季節』では、「性」が、白石さんの身体と精神とを繋ぐ大きくて具体的、身体的な視点ですよね。これは「男根」から続いているものなのだけど。ここにきて「砂」というのは、本当にもう生命もないように、ばらばらで、身体性もないようにみえる、もう乾いた粒。これは、「性」というものを非常にさらさらの、流れていくものと捉えていて、実態がつかめない存在にまで、人間の性ある命が解体されていっています。そこから、また始まる、というところで、大野一雄さんが出てきて、グロテスクで、滑稽で、絶叫にも似ている、即興的だが、永遠の命の姿が表れ出るこの『砂族』で行き着いているというのも、凄い展開ですね。蝶道では、蝶々に光るもの、本当にスピリットなものに彼女はアイデンティファイしながら、その道をずっと行く。そこは普通に理解できるのだけど。大野さんの身体性というようなものを、この「砂」からこう出してくるかなりの技なんだというふうに思いました。

さっきの、眼の話のところ、もう少し話していただけますか。

辻：サウジアラビアで王宮の建設か修理の仕事をしていた青年が日本に帰ってきて、「これ、アラビアのロレンスの義眼だそうですよ」って言って、白石さんにガラス玉みたいなものを渡したんですよね。玩具なんでしょうが、それをきっかけに白石さんはアラビアのロレンスについて考えたと思うんです。アラビアのロレンスは映画にもなっている程有名ですが、元々考古学者であったのだけど、いわゆるアラブ反乱があってそこでイギリス軍に協力をする。アラブの部族のオスマントルコからの独立を応援する、という名目でイギリス軍がそこに介入していくわけです。ロレンスはゲリラ戦を展開してオスマントルコ軍を撃破したと言われてますね。アラブの民族が独立して万歳かというとそういうわけにはいかなくて、更に激しいいがみ合いが起こってしまって、現在に至る中東地域の混乱を招く原因の一つになっているわけです。ロレンスという人は、自由のために戦うという意識を持っていたかもしれないし、そうじゃなかったかもしれない。まあ好意的に見れば、砂族の一員として自由のために戦ったんだけど、いつのまにか「眼の国」の論理に絡めとられちゃったということになるでしょうか。

水田：イギリスのスパイだと言われてもいるんですよね。だから、オスマン帝国を追い出すということは、イギリスがそこに入っていく、という、イギリスの植民地になっていくという一つの道筋を作ってもいるわけだし。そもそも、アラビアのロレンスって、どっかいかがわしいところがあってね。本当に、砂が好きだった、砂漠が好きだったらしいのだけれども、どっかで怪しいところがある。

辻：おおいに怪しいですよ。現代の惨状を見ているから、わざわざ後半に「眼の国」という章を置いているんですね。中東地域の非寛容な宗教的・政治的風土の在り方―例えば女性差別など―それについて、どうしてここまできちゃったのかというと「眼の国」の論理にやられてしまったからだ、と。更に、その「眼の国」の非寛容の論理を強化したのは、自由を謳っているはずの西欧民主主義側のアラビアのロレンスみたいな人間かもしれない、というようなアイロニーを最後の章で語っているんじゃないかと思うんです。

水田：凝視するっていうのは、「My Tokyo」の時の、白石さんの分身としてのブッダを想起させます。普段は、凝視し、瞑想していた仏陀が、「聖なる淫者の季節」にくると、何かすごい俗物でね。嫌な奴になってくるわけでしょう。まあ、そこは、宗教を冒涜しているその淫者の、話術でもあるんだろうけど。で、そういう中でこの「見る」眼が出てきます。

辻：はい。

水田：この、見る眼というものに対して、白石さんがこう、疑問というか、批判的なものを砂漠へ行って見つけている。その上に、最後、ガラス玉の義眼というのが出てくる。

辻：「眼の国」の眼と義眼、アイロニーですよね。

水田：まったくのアイロニーね。

辻：物事を公平で寛容な視点で見て、平和をもたらすための眼ではないですよね。混乱と非寛容をもたらす眼なわけですよ。だから、義眼なんですよ。

水田：ガラス玉なんですよね。

辻：この『砂族』を論じている人たちで、アラビアのロレンスについて言及している人ってあんまりいないんじゃないでしょうか。

水田：今の辻さんの様に誰も『砂族』を詳しく読んでいるということはないんだと思うんですね。ただ、浅田彰さんは『砂族』を論じています。

辻：『構造と力』ですね。

水田：それから、中沢新一さんとかあの頃の思想系の先端の方に大変高く評価されました。この「砂」っていうものの、象徴性、というかね。それと、白石さんにとっての、性の世界というのが「砂」というところまでいって、命の身体性も性も解体したところから、また、それを、こう、古代と時間と、空間を、掘り下げていって。その底でまた、生命の軌跡というのを見つけて、そこにまた、一つのドラマを見つけてくる。そういう思想と手法そのものが、非常に斬新でもあるし、白石さんにとっても転機でもあると思うのです。詳しく、一行一行読んでいっても、わからないところもあるし白石さんの詩の中の象徴性みたいなものは、皆、誰も扱ってはこなかっただろうと思います。辻さんも私も、白石さんの詩を読む時に、書かれたことをメタフォアとして探っていきたくはないのですが、ただ、この義眼が、おもちゃの、ガラス玉で、しかもロレンスのだということは、あまりにも皮肉で、あまりにも鋭くて、その意味性を語りたくなっちゃいますね。砂漠もまた、国家権力の餌食である。、しかも砂漠を愛する人に仲介されて。

## 砂のおそろしさ

**辻**：『砂族』については、風が吹けばどこへでも飛んでいく砂のイメージに託された、横断性とか囚われない精神とか、遊牧的みたいところに着目して評価する人が多いと思うんですが、実際に読んでいくと、現実の社会状況に即した辛口なことも書いてあるんですよ。

**水田**：「砂」っていうのは、白石さんは「砂のスピリット」とも解釈しているから、ペルソナの存在でもあるので、ポジティヴなところもある。だけど、実際には、具体的な「砂」というのは暴力でね。あらゆるものを覆い隠して、生を剥奪していくだけではなくて、今まであった文明や人間の生きた記録、そういうものを覆い隠してしまうわけでしょう。それは水のない死の世界、暴力的な非生命の世界ですから、そういった砂の恐ろしさがまず第一の砂の力なのです。直接に日常的に生きるベトウィンたち、中でも女性たちの生き方を見て、砂漠に果敢に入っていったヒーローのロレンスを懐疑的に見る感じる視点に行きついているのです。女性たちの、この、繰りかえしの日常をずうっと見ていって、荒涼たる砂漠と、コーランの聴こえる中でのエジプト経験、ベトウィン経験というのは、白石さんにとっては、大きなことだったんじゃないか、という気がしますね。女たちの砂漠は砂漠搾取ではないのです。

**辻**：現地に行って砂と一緒に暮らしている人たちを見た上で、砂というもののすばらしさと残酷さをしっかり書いています。最後の方になると物騒なことが書いてあって、中東の国でパスポートを失くしたら留置場にすぐに入れられる、その留置場は屋根がないから、太陽にぎらぎら照りつけられて死んでしまう、なんてことが書いてあります。非寛容な精神が、自由であるべき砂の中から出てきてしまったことを嘆いているんですよ。

**水田**：それと、もう一つ、白石さんこの詩集の後に『太陽をすするものたち』という詩集があって、それがまた、おもしろい詩集なんですよね。パスポートなんか失くした、ちょっとした、旅行者の話を書いています。亡命者はいつもそんなことで捕まっては、難癖つけられて、どこかに入れられてしまう。それが、屋根のない場所に留置されただけで、太陽の光で、光というか熱で死んでしまう。砂漠の持っている、砂の圧力だけではなくて、太陽というのも白石さんは一つこう違った眼で見ていた、と思いますね。砂の発見、砂のスピリットというのが、非常に複層的で、最後の方にいくと、この、義眼と太陽で殺される。太陽にさらされただけで死ぬ、という。しかも、亡命者たちとか、捕まった人たちがそういうふうに死んでいく、というところで、終わっていくわけですよね。

辻：それでも、白石さんは砂のスピリット自体は信じているんですよね。「砂族たちの正体は今のところ／明らかではない」とあり、砂族は砂族という独自の存在であって、作者自身でさえ定義することができない。だけど、砂族は自由に移動して増殖する意志を持ちながら、無差別に領土を拡大していくわけではない、ということがわかってくる。砂族は多様性を重んじているわけですね。但し、そこに非寛容の論理が侵入すると、砂は砂嵐という暴力的な姿を取ることもあるように、人を抑圧するものに変質することもあり得る。ここを論じないと『砂族』を論じたことにならないんじゃないかと思うんです。

水田：砂はまず生活の場なのです。女たちにとっては日常の場です。で、最初に言ったように、これは『聖なる淫者の季節』から、ものすごく大きな転換ですよね。で、その間に『カヌー』があって、それから、また「動物」という視点がどんどん強くなってきて、一九九八年の『ロバの貴重な涙より』という詩集では、動物が主体になってきています。白石さんの語る主体、ペルソナと動物は、一体化してしまうようなところがあります。都会の部屋での性からの脱却は、自由に移動する、場所を変えるという身体の動きによる精神の転換、自由を意味しているのだと思います。移動の終着点は砂です。砂は移動する、あるいは放浪し、相手の領域へも侵入して相手を変容させる、境界線を越える存在なのですね。

移動の詩の、例えばカヌーについて、辻さんはどうお考えになってますか？

## 『一艘のカヌー、未来へ戻る』の「宇宙」

辻：『カヌー』で大事なのは、作品の核に亡命者の話があるということです。マニラからカヌーを漕いで、自由を求めて亡命する男がいる。ここが原点で、その一艘のカヌーがイメージとして自立して、男から離れて疾走していくわけです。水田さんもご著書の中で注目されていましたが、『一艘のカヌー、未来へ戻る』にはこういう部分があるんですね。「わたしは　ホテルの一室で／カヌーと／コトバのない会話をする／カヌーは／一服　煙草をつける　だが／それにのってる若い男の影が／煙草を吸った様子を　わたしはみない」。ここは詩の実作をしたことのある人だったら思わず唸るような、意表を突いた書き方だと思うんです。マニラから恐らく政治亡命した男がいる、その男の姿に共感するあまり、カヌーのイメージが自分の内部に居座るようになって、カヌーのイメージが自分と伴走するまでに至った時に、カヌーとカヌーに乗っていた男は分離する。カヌーが煙草を吸うという具体的な仕草をするまでになって、元の男の影の方が消える。亡命した男の精神が内面化され、ここから自由を求める様々な動きが生まれてくる。その前の『聖なる淫者の季節』では、キーワードとなる「淫者」は現実の作者の経験を踏まえた話者自身であったけれども、『一艘のカヌー、未来へ戻る』では、もっと普遍的なアイディア、命を守るとか人と人とを結ぶとかについてのアイディアが、カヌーに託されていく。白石さんは世界を渡り歩いて詩の仕事をしますが、その旅の過程で弾圧を逃れるために国を出ざるを得なくなった人たちや過酷な環境に耐えてサバイヴした人たちと出会っていく。彼らに共感を寄せる時、そこをカヌーのイメージが駆け抜けていくわけです。後半になると、白石さんが当時盛んに行っていた朗読パフォーマンスの話が中心になります。彼女が共演した素晴らしい音楽家たちと、カヌーでもって結ばれていくんですよ。ここで大事なのは「宇宙」のイメージが呼び込まれてくることとです。この「宇宙」は、同年生まれの谷川俊太郎が『二十億光年の孤独』で描いた「宇宙」とは全く違う。谷川俊太郎の「宇宙」は、おそらく、自分はたまたま生命体としてここにいるけれど、生命のない冷たい宇宙空間に放り出されたという感覚があって、虚無から覗き込まれているみたいな孤独感から出ているのではないかと思うのです。『二十億光年の孤独』というタイトルからもわかるように、孤独というのは谷川俊太郎の主要なテーマだった。ところがですね、白石さんは、孤独を武器にしない芸術家です。もちろん、孤独な状態も書くことはあります。だけど、白石さんは、人間は孤独な存在として生まれたかもしれないけれども、魂は響き合えるって、そういう思想を、持っていたんじゃないかと思うんですね。白石さんの「宇宙」というのは、魂が魂を呼び合う空間、人の心と心が交歓する空間としてあるのであって、冷たい無人の宇宙が拡がっているわけではない。

水田：外に出ていく時のやり方というのがね、カヌーが部屋に入ってくるという設定でしょう。そこに亡命者がいて。で、実際に、世界の詩祭に彼女は行って、いろいろな方に会うわけですが、あの時代、ポエトリー・フェスティバルは、ミラン・クンデラとか、亡命して海外にいる人たちのための場として発展していった。余所者意識を持った白石さんもそういうところにいくので、皆同胞たちなのです。魂が響き合うという命のあり方は、白石さんの性的身体からの脱却の中心テーマですね。白石さんの、明るい、派手な姿が、現代詩のテーマであった孤独とは大きく異なった、亡命者＝はぐれもののスピリット共和国のような目に見えないつながりを感じさせます。

しかし、白石さんのペルソナは、自分から亡命していくのではなくて、部屋の中までどこからかやってきたカヌーに乗って、同乗者の顔は見えないままに、漕ぎ出でていくのです。ですから誰かの伴走をして出ていくのです。主役ではない、同伴者、なんですね。そのペルソナ＝話者と、亡命者との関係が伴奏という形で描かれることが、白石さんの移動のフェーズの初期の作品を大変新しくまたユニークにしていて、カヌーの詩の宇宙観、そしてナラティヴの複層性を明確にしています。

そして『聖なる淫者の季節』からの移行の流れがよくわかります。『聖なる淫者』では、黒人たちのはぐれものたちと、個人的な、直接的、性的関係を通して共感しながら、生きていたのですが、カヌーはその延長線にあるのですが、直接的な身体的関係ではない、深く共感しながらも、あくまでも他者の伴走者という位置付けです。カヌーは、ペルソナが漕いでいるようでも、カヌーに連れていかれるようでもあって、最後に宇宙にまでいきます。『砂族』もやっぱり宇宙まで行っているわけだから、『砂族』の世界への架け橋となっていることを明らかにしています。あの、「宇宙の川べり」というイメージの、行き着く果ては冷たくて孤独なのではなくて、洗濯場ですから、異次元の場ではあっても、近代人の孤独ではないのですね。

辻：孤独ということについて言うと、例えば、現代詩の源流の一つとして萩原朔太郎の詩があるじゃないですか。朔太郎の「群衆の中を求めて歩く」という詩は、都会の雑踏の中を歩くのが楽しい、知らない人にもまれるのが楽しいという内容です。群集の中にいるのが楽しいというのは、自分自身が孤独だからですね。群衆の中にいて、孤独な自分の存在を確かめる。萩原朔太郎の詩の基盤というのは、孤独を自覚するということだと思うんです。日本の現代詩はその態度を踏襲して、孤独というものを後生大事に抱え持つことを基礎に据えて、発展してきました。その中にあって、白石かずこという詩人は、孤独を武器にしない、非常に珍しい存在なのではないかと思うわけです。

水田：朔太郎はエドガー・アラン・ポーの、「群集の人」から、影響を受けています。吉原幸子さんもね、孤独なんです。世界の中に一人で立っている、という。で、そういうところが、白石さんとは違うのですね。

辻：違いますね。「我思うゆえに我あり」というような考え方があるじゃないですか。哲学の問題としては非常に重要なものですが、これを生活次元に落とし込んだ時に、白石さんだったら、何言ってるの、我の中にはもう我々が入っているんじゃないのって、言いそうな気がするんですよ。「我」なんて、お母さんのおっぱいに吸いついて、お乳をいっぱい飲んで愛情をたっぷり受けて育ってきたんでしょ、一人で大きくなったような顔しないでよ、という感じで。そもそも人間が言葉を使えるってことは、人と接して人から教えられた証であって、だから我の出発点は我々なんだ、という感覚が白石さんにはあるのではないでしょうか。人は分断されているように見えてもその絆をそう簡単に断つことはできない、詩のような芸術を、人々の魂が触れ合う宇宙空間のようなものとして、どんどん活用していきましょう、という姿勢です。これ、インターネットの時代を先取りするような、新しい態度だと思うんですよ。誰かが発信したら誰かが応える、インターネットというものはそういう仕組みですよね。

水田：ただ、白石さんは本当に旅に出ているんでね。インターネットのない時代ですよ。まだ、ほとんど使われていない時代です。だから亡命者とか、マニラの詩人とかね、いろいろな、逃亡している人とか。そういう人とともに、一緒に一艘のカヌーで旅している。というと、一人旅のように思えることもありますが、具体的には一緒に行っているんですよね。「一艘のカヌー」の詩って、本当に美しい詩で。カヌーに乗って脱走するという、そのイメージが、やはり、すごくよく効いていると思うんですけど。

もう一つ動物を主体に仮定した詩、動物詩が『砂族』に至る間に書かれているのです。人間に虐げられている存在としての動物のことを、早くから、自分と同一の存在として見ているところがあって。これも、六〇年代、七〇年代の詩としては、たいへん、私はユニークだと思うのですが。「動物詩」については、どうお考えになりますか？

## 『動物詩集』――愚かさを抱きしめる

辻：『動物詩集』は、いわゆる現代詩の読者を対象にした詩集ではないですね。宇野亜喜良のイラスト入りの洒落た装丁の本であって、対象読者は恐らく一般の若い女性。だから『動物詩集』は直読直解できる詩という枠の中で書かれています。白石さんの詩は難解ではないけれど、腰を据えて読まないとなかなか読み込めないところがあるように思いますが、『動物詩集』は例外で、ぱっと開いてぱっと読めるという風になっています、そのコンセプトは、庶民の男女の振る舞い、しばしば愚かな振る舞いを、動物にたとえて、時にペーソスを滲ませながら、面白おかしく表現していくところにあると思うんです。もっと荒っぽく言うと、若い女性の読者に対して、人生経験を積んだお姉さんが世間のことを教えてあげましょうというところかな。別に動物そのものについて語っているんじゃなくて、人間の振る舞い、特に恋愛の機微を動物にたとえて語っているのですが、動物というのは命ある存在、どんなに愚かでも命があるのであって、その命は慈しまなければならないというところが根底にあるように感じます。大衆の愚かさのようなものを、抱きしめて、愛らしく描いている、そこが『動物詩集』の面白いところじゃないかと思っていますがどうでしょう?

水田：例えば、『カヌー』に至るまでの、そして『カヌー』を書き終わるまでの、白石さんの、非常に、過激な、と言っていいとも思うのですけど、思想性ですよね。「淫者」という言葉自体も既存の宗教に対して冒涜的であるし、良識への挑戦でもある。聖と俗の思想を、逆転させ、権威を持った政治や宗教組織も、揶揄したり、批判する過激なところが白石さんの、前衛性でもあるし、重要なところだと思うのですが、動物詩集は間奏曲みたいに、ちょっと、そこから抜けだしているところがあると思うのです。ここで書かれている、動物たちって、やっぱりおかしくて愛らしいけど、愚かだというのが特色ですよね。愚かだけど、まあ、キツツキなんかも皆、やられちゃって可哀想だし。ノミも人間にいろいろ苦痛を与えるけれども、ピョンピョン飛んでどっかへ血を吸いに行かなきゃならない。人間という支配者のいる社会に寄生する動物の生きる姿が、愚かで、可哀想で、しかし抱きしめたいほどに愛おしい、という権力体制の制度内に生きるものへのオマージュのようにも感じられます。動物は亡命もできないし、はぐれものとして生きてもいけないので、権力者の人間の社会で競争にさらされて生きる姿が、支配される人間の弱者の姿と重なっているのだと思います。そういう、愚かな生き物に対する、白石さんの愛情たっぷりの気持ちというのが、これほどよく出てる詩群は他には無いような気がします。その愚かで、いつも負けてばかりいて、おかしいが、そこにおいて人間と同類でもある小さな動物に託したもの、それは、例えば、夏目漱石の『吾輩は猫である』とは、非常に違うのですね。

辻：そうですね、水田さんは「はぐれもの」というキーワードで白石さんの詩を論じておられますが、ここに描かれているのは庶民の「はぐれもの」たちですよ。皆、自分を説明してうまくやっていくのが上手じゃない。その不器用な生態を描いています。この詩集の詩は、語尾が「ヨ」とか「ネ」で終わるのが多いんですよ。これはやっぱり、ある種の親しみやすさとか茶目っ気を演出するために使っていると思うんです。愚かではあっても憎めない。但し、強大な権力で相手を潰していくようなキャラクターは出てこないです。

水田：はい。

辻：白石さんが許せる範囲の愚かさがここに描かれている、と思うんですよ。極端な例でいくと、力づくでレイプした、みたいな話は愛らしさの範疇には絶対入らない。そういう力で相手を制圧することに対しては、肯定は一切していないんです。ここにあるのはある種の駆け引き、愚かな男女の駆け引きが多いんですけれども、ある程度の愚かさは大目に見ながら、不幸になる恋をしちゃ駄目よ、みたいな、人生の先輩としてのアドバイスをしているんじゃないかな、と思うんです。

水田：そうね。白石さんの、徹底した権威とか権力嫌い、というのでしょうかね。偉そうな立場をとる、ということへの嫌悪感。そういうのが、非常によく出ているのです。白石さんは偉そうなこと言ったり、観念的な言葉が嫌いだけじゃなくて、後ろに権威を背負って何かをする、という人に対して嫌悪を露わにして拒絶しますね。動物は、そういうところがないわけで。動物は野生化して絶滅するか、人間に寄生して生き延びるかの世界で、そこでは勝ったり、負けたり、ふられちゃったり、ひどい目に遭っちゃったりするのがいるわけですし、その世界を描いて、これが間に入って、次の詩集に行くっていうのが、すごくよくわかる気がします。そして『砂族』以降の動物っていうのは、ずいぶん違いますよね。辻さんは、『ロバの貴重な涙より』というのは、好きな詩集ですか?

辻：好きですよ。この詩集の主人公とも言えるロバは、『ドン・キホーテ』のロシナンテを意識してその設定にしているんだと思うんですけれども、愚かな行動を繰り返すドン・キホーテを横で見て距離を置きながら、人間の愚かさというものを、『動物詩集』よりもっと深いところまで考察するという感じですね。

水田：このロバは、一種の、亡命者の、はぐれものの、延長にあるような気がするんですね。ブレッソンに『バルタザールどこへ行く』というロバの映画がありますよね。

辻：はい。

水田：あれと同じように、このロバっていうのは、つつかれたり、こき使われたりするんだけれども、結局、黙っていて、沈黙で頑固なところというのが人間を煩らわす。支配者に生を依存しながら、決して素直に権力者に従わないのです。それがあるところで涙を流します。

辻：喋れないけれど感情はある。

水田：動物の、イメージの仕方が、『動物詩集』とは、まったく違ったところに行っているような気がします。動物っていうのは、ある程度、自己と同一なんだけれども、他者でもある、というかたちで描かれる。『動物詩集』の場合は、動物っていうのは他者性というのが明確に見えてないのですが、『ロバの貴重な涙より』の後、内なる存在であると同時に、内なる他者でもあるという動物との、アイデンティファイの仕方が、鮮明になっていくような気がします。被支配者の内面は、支配者にとっては恐ろしい未踏の領域です。

辻：白石さんが気にかかった様々なことについての所感を、ロバを通して語る詩集だと言って差し支えないと思います。国際問題とか環境問題についても触れていますが、身近な問題、例えば近所が野良猫に対して優しい雰囲気でなくなってきた、というようなことも取り上げていたりします。だいたい、野良猫に優しくない地域っていうのは冷たい地域ですよね。人間関係もよそよそしくそれを嘆くような感じです。銭湯が減少していることを残念に思うという詩もあります。そういう自分が住んでいる地域社会の変化から、地球温暖化によって島が水没する危険についての想いまで、白石さんが日頃思っている世の中に対する考えを、ストレートに出しているんじゃないでしょうか。但し、それをナマの作者が語るんじゃなくて、ロバが語るというのがいいです。

水田：そうですね。

辻：あくまでロバが語っているっていうことにして、ロバは動物なので喋れない、無理して語っているわけですよ。

水田：語れない者が語る、という感じでしょうかね。サバルタンは語ることができるか、でね。

辻：そこにペーソスが漂います。

水田：吉原幸子は自分が失語症だと言っているけど、その、言葉がない者が語る、語らなきゃならない、という欲求があり、やはり、人間の言葉を持たない動物に自らを託すのですが。ロバは愚鈍だけど強情で、勝手に使われてばっかりいるけど、なかなか言うことを聞かない。そういう、その者に語らせる、というのは、白石さんの新しい展開なんですよね。特に、前の『動物詩』と比べると、動物の扱い方というのか、アイデンティファイの仕方がすごく変わっている。

辻：『動物詩集』というのは元々エンターティメントの詩なので、商業的な成功というものも意識しながら書いていると思いますが、その制約の中で、こんなに深みのある詩が書けるっていうのは凄いと思うんですけども。

水田：そうねえ。

辻：それに対して『ロバの貴重な涙より』は、本音を吐露するような、より濃い内容になっていると思います。どちらもいい詩集ですが。

水田：どちらもいい詩集だけど、ロバは短い詩で、あとがきで白石さんが、ずっと自分は物語詩の長いものだけを書いてきた。そこで、短い詩を書ける、というのが、一つの転機だった、と書いているのですが、結局、言葉のないものが語る、そういうことと自分とをひきつけてもいる、ということだと思います。『砂族』のすぐ後に書いているのですが、そういう意味で、白石さんにとっては、亡命者と虐げられた者、逃げてきた者というのと、動物と、白石さんが重なっていくというのがわかります。そういう意味で『砂族』は、すごく大きな転機であったといえると思います。

辻：『動物詩集』についてもうちょっと言うと、ライトヴァースではありますが、重みのない詩ではないんですね。この『動物詩集』で目を惹くのは、生き延びていくっていうことについてすごく意識的なところですよ。例えば「都会の鼠野郎」という詩がありますね。恵まれない境遇にあって何とか生きていこうとする、社会の裏で生きる人の逞しさ悲しさ、それを鼠の目を通して描いているんですね。白石さんは、こういう生きるための狡さというのは、否定しないんですよ。誰かを傷つけたりすることを肯定しているわけじゃないけど、自分が生きるために必死で何かするっていうことについては同情的ですよ。白石さんの思想の根本には、命を大切にする、というのがある。こういう詩、他にもありましたよね、例えば「掃除屋ハイエナのブルース」。ジャングルの掃除屋と呼ばれるハイエナは、英雄にはなれないけれど、獲物の残りをさらって生きていくことはそれはそれで素晴らしい、と。しぶとく生きていく人を肯定するスタンスは崩れないんです。『豹のお食事』も木の上で食事するヒョウの油断のなさを褒めている。これはやっぱり、彼女がいろいろ貧しい人たちを見てきた、必死でその日その日を生きていかなきゃいけない人たちを見てきたからこそ、出てきたものじゃないかと感じます。

水田：やっぱり、生き残るために狡猾でもあり、弱者を痛めつけることもある、と言うはぐれものの日常なんですよね。彼女が、自分を、同一化しているところがあると思うんですよ。だって、鼠なんていうのは嫌われ者でしょ。

辻：嫌われ者の代表格ですね。

水田：だけど、どうしたって、路地裏で生きているわけだから。そういう、何としても、はぐれて、嫌がられているものでも生きているという、そういう生き方本当に根本から肯定しているんだと思いますね。ヒョウって、ずいぶん美しいとか言われて、餌を狙う獰猛さも好かれているけれども、実は、あんまり強くなくてね。みんな獲物なんか取られちゃうわけでしょ。ライオンにも取られるし。ハイエナにはとられちゃうわけだけれども。でも、そうやっても、自分の生き方というのがあるわけですからね。生き物は誰でも、生きるための、世界に対するやり方があることの肯定でしょうね。だから、非常に、ユーモラスでおもしろいけど、でも、その根本にあるのが、命でそれを肯定している。とってもこれ、読みやすい詩集ですね。

辻：そうですね。最初の「マザー・コンプレックス・ベビー」っていう詩も皮肉が効いてて面白い。立派なたてがみのある若いオスライオンが、メスライオンに頭があがらないことを書いています。オスライオンは美しいんだけど、ライオンって、狩りも子育ても全部メスがやるんですよね。威張っていても内心メス

ライオンにコンプレックスを持っているんです

**水田**：本当にね。

**辻**：生活を維持し命を育む仕事が本当は一番大事であって、どんな偉い肩書を持っている人もケア労働する人たちに支えられている。そういう視点はいつも保持している。

**水田**：そうですね。白石かずこの言葉じゃなくて、富岡多恵子の言葉だけども。「レールが敷かれていて、そこに乗ればある程度の、安全な位置というものを社会的に得られて。そして、名前も得ていく」という生き方から外れてしまった存在として、はぐれものがあるのですが、権力階層から支配される弱者の中でも、支配：管理される存在、奴隷の位置に甘んじて、なんとか権力体制の社会の中で自分の居場所を見つけて行こうとするものと、奴隷に甘んじることができないで、体制そのものの境の外にはみ出していく存在であることを意識的に選択していく人もいるわけです。動物の世界も同じで、人間に依存すれば命は生き残れる、野生に走れば、惨めな命の最後を迎える、死骸を道路に晒すことになる。動物の世界の中でも、権力体制内に生きるペットや家畜と、そこから外れて野生に生きる動物もいるわけでしょう。犬や猫などのように、可愛がられて、ペット化されて、人間の世界の中でこう安定した地位を得ている動物ではなくて。嫌がられながらも、裏で生きているものたちっていうのに対して、白石さんが目を注いでいる、というのは、やっぱり白石さんなんだ、と思いますよね。

辻：『新動物詩集』の中に「猫への思想」っていう詩があります。『新動物詩集』は、『動物詩集』よりももうちょっと辛辣な感じの詩が多いんですけど、この詩は、家猫の眼から見た野良猫批判なんですね。太って図々しいのは嫌だ、とか道端に転がった死骸も嫌だ、みたいな。そういうことを家猫に言わせた後、作者として、そういう思考をする者は卑しい者だと、結論づけているんです。

水田：逆転させているわけね。

辻：そうなんです。この、家猫が野良猫を批判するっていう構図は、人間社会には実によくあることだと思うんですよ。自分のことを中流以上と思っている人が恵まれない人を蔑む。

水田：もう、本当にね。それから、鼠が嫌い、とかね。鼠のように、ドブの中でこそこそ生きていて。そして、裏の世界で生きているものっていうのは、この表の世界の、ちゃんとした教育を受けたり、清潔な家や価値の高い場所に住んで、どこかで活躍して、名前出そうなんて人から見たら、本当に嫌で、隠しておきたいようなものでしょう。そういう視点を家猫が出している。

辻：そうです、そうです。

水田：と、いうことなんでしょうね。

辻：これをもっと別の視点で見ていくと、例えば麻薬みたいなもの、人間の健康を蝕むものだから良いものであるわけはないけれど、その素になるものを栽培して暮らさざるを得ないような人も世界にはいるわけですよね。白石さんはそういう人たちを一概に非難していない。積極的に肯定するわけではないけれど、命を維持するために裏社会で何かするということを、白石さんは頭から否定することはしない。但し、ここで心が揺らぐのは戦争の場合です。例えば、少年兵のことを書いている詩があります。少年兵は傷ついているのに、また戦場に行こうとする。祖国のために頑張る、ということで彼の周りの人は止められないのかもしれないけれど、実際は自分と他人の命を危険に晒しているのだから、すごく悲しいことなんですよね。命というものを各人がどういう風に見ているかということについて、彼女としては、複雑な気持ちを抱いていると思いますよ。

水田：生きるためにもやっていることで、やらざるを得ない環境にいる少年に対する、非常に深い同情の気持ち、というのがいつもそこにあると思うんですね。そういう環境の中に置かれてしまった、単純な思考の幼い少年兵たち。『砂族』にも「青空の下に少年の葬送」という詩があって、やはり、少年の死を見送る社会のやり方、というか、儀式から世界をみていますよね。難民も嫌がられて、人の土地にやってくるんだけれども彼らから見れば、必死になって生きなきゃならない。そこで軋轢というのが世界で起きていて。そこに対する非常に深い気持ちを、後期の白石さんは、ずっと持って行くわけですよね。『浮遊する都市』もそうだし。で、そこで、難民だとか、動物だとか、死んでいく人たちと一緒になっていく世界まで、到達していると思うのです。

しかし、これは国家権力の課題でしょう。誰もが国に住む、国家制度の恩恵を強化することで現代社会が進展しているのです。でも白石さんはすでに国家の境界を出たはぐれもの意識で世界を見ているのです。国家という境界線の大事な場の思想から亡命して、山姥的「遊動民」としての視点を持っているのだと思います。

辻：白石さんが動物を詩の中に登場させるっていうことは、人間が何よりもまず命ある存在であるっていうことを示したかったからじゃないでしょうか。精神が先にあるんじゃないんですよ。身体と精神が一緒にあるんですよ。身体と精神は分けることができなくて、むしろ身体的存在として精神もある、ということを、白石さんは示しているのかなあ、という気がします。

水田：私が、一九三〇年代生まれの女性、戦前、戦中、戦後を生きてきた母親のもとで育てられてきた世代の人たちの、戦後詩を考えてきたなかで、富岡多恵子さん、白石さんの二人は、非常に観念性を嫌い、知的エリートの、上から目線、観念性、抽象的言語で世界・社会、そして性を俯瞰して観念的にまとめる思考の形を嫌って、それとは違った、具体的な経験の日常の視点から世界も人間も見ていることに徹底した詩人だと思うのです。富岡さんも実は、動物の視点から書いているものが多いのです。「犬の見る景色」とか「キリンの葬礼」とか、そういう意味で、はぐれものの自分と本来的に人間社会のはぐれものである動物と同じ視点からみるという、そういう視点があるのですが。それは明確に差別され、排除される弱者として自分を規定する視点でもあるのですが、ただ、はぐれものの視点は、差別されるものではあっても、差別するものたちの形成する社会から逸れるものでもあるので、自由な思考を保つための、脱被支配者の立ち位置なのです。そういう視点は、弱者であり続けた女性の、戦後の表現を可能にしたと思うのですが、同じような視点が男性にもあると思うのです。

辻：私はそれを論ずるだけの知識がないので、自信を持って言うことはできないんですが、ある全体性を志向する理念でもって物事を切るという態度に対抗する考え方を、女性の作家たちの多くが持っているのではないかと思うんですね。前回のお話で言いましたけど、相手との関係でもって自分のことを見つめて語っていくっていうタイプの文学が、女性の作家には多いという印象を持っています。私が好きな小説家でいくと、松浦理英子の『ナチュラル・ウーマン』という小説では、レズビアンの女性のやり取りが、非常に精緻な筆致で書かれているんです。はぐれもの同士の個人と個人の関係しか書いていないのに、人間の存在の根底について深く考えさせられるような普遍性がある。個対個の関係の吟味を通じた高い抽象性がある。私は若い頃読んでとても感銘を受けたのですが、こういう文学は、男性の作家がなかなか書けるものではないな、と思っていました。

水田：これは、男性、女性という性差自体の問題の中で、男性思考の課題であり、強者を目指す男性優位の抑圧的思考が、社会制度や家族、文化意識の深層を深く形成してきたので、文壇とか、批評界とか、思想界が、女性やはぐれもの、異邦人、動物を含む弱者の視点や感性、想像力をまともに受け取らない文化に安住して、それを変えようとしてこなかったからだと思うのです。そういうことに対する、女性たちの反逆が、違った視点、前衛的で過激な、世界観、世界の風景を描きだしていると考えるのです。本来的に女性的とか女性に特有の書き方だということではない。

## 「孤独」からの逸脱

**辻**：性別で文学が分けられるものでないことは言うまでもないですが、傾向としては、人の視点の個別性を大事にして関係を繊細に描いていくタイプは女性の作家の方に多い気がするのです。それは育ってきた環境を何らかの形で反映しているんじゃないかと感じます。

『聖なる淫者の季節』の対談の時、「永遠」と「long」の対比が問題になりましたが、男性の作家は抽象的な「永遠」の概念を念頭に置いた表現を先鋭化させていく人が多い。白石さんの詩を高く評価した西脇順三郎も「永遠」という言葉をよく使っていました。対して、女性の作家たちの多くは、現実の生きている時間に沿った「long」の表現に重心を置いていたと言えるんじゃないかと思います。

**水田**：素晴らしい指摘ですね。女性たちは自分たちを抑圧してきた男性思考で、考えることも書くこともできるはずはないのです。文壇におもねって、制度的成功を求めるなら別ですが。女性の持つ異邦人の自覚は、女性の表現を、過激な逸脱とも取られる前衛表現に近づけていくのだと思います。それが、非常に際立っていて、現在の視点からみると、むしろ、そちらのほうが共感をおぼえる文学になっている、と思います。白石さんみたいな視点から、詩を書いていた人なんて男性詩人にはないんじゃないか。

辻：先ほど申し上げたことを繰り返すと、孤独を武器にしないという白石さんの態度は、現代詩の中ではすごくユニークだと思うんです。大抵の詩人はもう、孤独っていうのを、それはもう後生大事に抱え持ってるわけですよ。一人で闘っているというヒロイズムですね

水田：現代詩は孤独が基本的なテーマでもあり、詩人の自分自身の位置付けでもありますね。でも、はぐれものも、異邦人も孤独なんですよ。応援なしに世界と向き合っているという感覚です。

辻：白石さんは人間には縁があるっていう考え方だと思います。我の中には我々がいるっていう考え方から出発して、宇宙という壮大なレベルで人の魂が交流する。その魂のもとになるのが身体のある存在である、と。そこはすごく一貫してるんですよ。「男根」の対談の時に私が言及した「父性　あるいは　猿物語」という初期の詩は、自由奔放な女性と別れた男性、まさに白石さんご自身みたいな女性と別れた男性がですね、どうも父性というのは母性には及ばないようであると、自分はこれから頑張って母性を身につけて完全な人間になろう、と述懐する詩です。話者の男性は、女性に振られて初めて、他者というものの重みを知ったんじゃないかと思うんですね。そんな心情は男性には素直に書けないから、女性である白石さんが書いてあげてるわけですよ。同じ男性としては、ちょっと情けない。

水田：痛快ですね、それはほんとに。白石さんは非常に鋭い批評精神持ってるんですよね。白石さんのユーモアのセンスこそが批判精神であって、それがテキストを作っていくわけですから。白石さんの詩は、辛辣な批評を含んでいるのに、みんな読みやすいんですね。だからと言ってきちんと読んで向かい合い、解

釈しなければならないのです。読みっぱなしではダメなのです。

辻：しっかり読み込むことが重要なんですね。書いてあることを、自分の考えに引き寄せて解釈しないで、素直に受け止めて読む、これは詩の批評家が意外と苦手とするところじゃないかと感じたりするんですよ。

水田：そうかもしれないですね。

辻：みんなすぐ、悪い意味での間テキストの解釈に逃げていく。間テキスト的解釈って、すごく重要なことだと思うんですよ。ただ現代詩の批評に関しては、解釈を肥大させる余り、テキストに書いてある細かい関係を落としてしまう人が意外と多いのかなと思うことがあります。白石さんの詩は、関係を読み込まないと真価がよくわからない。

水田：読み手にとっての課題ですね。現代詩に関しては特に、ニュークリティシズムという批評があって、それはテキストというのは個人や個人の経験を超えて、文化や文化の遺産であるとか、それとの関係でできている。それとの関連で存在するのだという、そういう批評の理論です。批評していくときに作品や文化テキストとの関係、関連においてというのが重要な点で、意識的、無意識的に関わらず、個人的な経験だけではテキストは作られていない、と言う理論です。現代文学、二十世紀後半も、ニュークリティシズムの視点から抜け出ていないのです。だから白石さんみたいに本当にどっかでぶっつけ本番みたいに見えるテキストは、どこにレファレンスしたらいいのかも不明で、なかなか批評の俎上に乗らないっていうところもあったんじゃないかと思いますね。

辻：例えば『カヌー』の最初のところでは、アンソニーという人物のことが延々と語られています。イギリスの詩人でパフォーマーのアンソニー・ハウエルのことと推測されるのですが、一般の読者で彼の名を知っている人は少ないでしょう。だけどプロフィールの説明は一切なされない。ただ、アンソニーはモロッコで生まれたんだけど、お父さんお母さんが亡くなって自分もいろいろ苦しい目にあって、故郷を離れてロンドンに出てきた。アンソニーはハンサムでかっこいい人なんだけど暗い影もあるっていうことが、かなりの行数を使って書いてあるんですよ。一個人としてのアンソニーの苦難のことを、彼に対して思い入れがすごくあるから、白石さんは一生懸命書くわけですよ。マリアンっていう若い女性と恋愛して、彼女は後に子供を産むというようなことまで書いてある。ヴァージニアという、白石さんと親しいフィリピンの女性の詩人がどんな辛い経験を乗り越えてきたかということもしっかり書いている。そういう人間対人間の営みを、座りの良い全体のバランスは二の次にして、しっかり書いている。アンティークショップのお人形の不遇な様子などもしっかり拾い上げている。こんな細かな関係を散文でなく詩で書けるのか、という限界に挑んでいる感じです。ごく小さな個別の事象から神秘的な宇宙空間まで、律儀に向き合っていくっていう態度ですよね。宇宙とアンティークショップの人形が同列に並べられて、どちらも心を込めて書くわけですよ。これは並の詩人にはできないことですよ。

水田：普通の人もそうだけど男性にはなかなかできないことですよね。

辻：男性が書くと、孤独な自我のヒロイズムが前面に出てしまう。

水田：でも、このカヌーというのは、やっぱり、孤独から出て、部屋から出て東京から出て、他者に、他者の経験に会っていくという詩です。人と白石さんがどういうふうに会っていくのか、関わっていくのかっていうことを知る上でも大変面白い詩なんですよね。部屋での性的関係はやはり孤独なのだと思います。白石さんが性的な至福を永遠という言葉を使って表すのは、性が宇宙につながるからで、その中心には孤独があるのでしょう。性だけでは十分ではないのです。そこから脱出していくのが、白石さんの旅なのですね。でもカヌーなのです。二人乗りくらいの小さな舟なのです。そして同乗者は顔の見えない影かも知れない。決して大勢との旅ではないのです。おっしゃるように、本当にアンティークショップの人形から宇宙までっていうのが、白石さんにとっては同じレベルで語られるっていうのがユニークです。それが旅なのですね。

## 宇宙観を持つ空間、風景

辻：例えば吉増剛造なんかは、出会った人を通して、いきなり宇宙を見ちゃうところがあるわけですよ。それは彼の素晴らしいところですよ。だけど、白石さんにとって、人はやっぱり人なんですよね。そして人と人との縁が宇宙になっていくんですよ。この違いですよね。「カヌー」は一見面食らうような構成なんですけども、彼女が人と出会ってきた軌跡を追っていく詩だと思って素直に受け止めると、すごく平易な詩なんです。

水田：人と会ってきた軌跡が旅の軌跡であると私もそう思います。白石さんにはユリシーズを描いた詩がいくつかあるんです。「中国のユリシーズ」は、今は題名を変えているけど、「振り返ると顔がない」、パスポートを持たないで、国家を離れ、世界を移動するペルソナの詩です。イギリスの植民地の香港で、中国本土からの古い家族制度を背負った人たちの移民家族で、香港生まれだったりする人たちはパスポートがない人がすごく多いとか。それから中国では第一夫人の他に第二夫人、第三夫人がいて、その人たちが生んだ子供は、登録されてないから、パスポートがないというのですね。その人たちも亡命者として書いています。自分を保証する紙も国家的保護もない、異国を放浪する者。ユリシーズは長年故郷へ帰れませんでしたが、自分はパスポートはないけど、ちゃんと生きている。国籍がない、パスポートがないという、世界の中ではありえないような生き方をちゃんと生きてる。その生き方に共感しているのです。ネズミのようではなくても、ちゃんと生きてる。そういう国や公文書の書類に保証される居場所を持たない、放浪する命がずっと繋がって、最後の自分のお母さんのパスポートがないというところに繋がっていくんだと思いますね。白石さん、ぶっつけ本番で、自由な言葉で書いているように見えながら、その書いてきた世界は皆繋がって一つの大きな宇宙観を持つ空間、風景を総体として作り上げているのだと思います。

辻：白石さんという人は、実はそんなに天然な人だとは思ってないんです。何か感性一発で書いてるみたいに見えるし、本人もそう思わせる振る舞いをしてるような気がするんですけども、実際は彼女は、すごくいろんなタイプの詩を研究して、アンテナを張り巡らせた上であゝいう詩を書いてるんじゃないかと思うんですね。「現代詩手帖」一九九一年九月号の「女性詩最前線」という特集に白石さんが寄稿してるんですよ。「八〇年代と女性詩」っていうタイトルで、おびただしい数の女性の詩人の名前が出てくる。それを全部きれいに整理して論じている。白石さんはそれほど時評は書かれなかったと思うし、詩のジャーナリスティックなところには、知名度の割にはあまり出てこなかったかなと思ってるんですけども、実はものすごい勉強家で、若手の詩からベテランの詩まで全部しっかり読み込んで、八〇年代という時代と女性の詩、それにフェミニズム運動の関係を、整然と書いている。彼女は決して天然であういう詩をバーっと書いてるわけじゃなくて、物事を知的に考察し、熟慮して戦略を練った上で書いているんじゃないでしょうか。『カヌー』の最初の方の、アンソニーという男性について長々と書くっていうような部分も、読者が面食らうだろうということを意識しながら書いていると思うんですよ。「男根」もそうだと思うんですね。いろいろ言われるだろうなと思いつつ、スキャンダルというものが持つ文学的効果ということを念頭に置いて、最後に私が勝つと確信して書いてるんじゃないかと思うんです。

水田：それは私もそう思いますね。ただ、白石さんはすごく頭のいい方で、分析力もある方と思います。だから決して他の人の詩がわからないとか、無視するとかいうことはなくて、鋭く理解してると思いますね。高橋陸郎さんは、初めは非常に天然の、生まれたままの魔女─聖女だったけれど、バッシングを受けた後、彼女はすごく変わって、それでもまだ自分の天然なものを持っているという論旨の白石かずこ論（「かずこ詩試論」）を書いています。

私も同感で、白石さんがいかに物事を考えて書いたとしても、彼女のテキストは常に語りの直接性と即時性を持っていて、これがテキストだっていうものを書いてるわけです。言葉や場面の流れとリズムと音楽に乗りながらね、最終的にまとまってくというような書き方をしたんじゃないかと思います。そういうところにやはりジャズの影響とかあるんでしょうか。彼女がダンスをすることにも。でも、根本は彼女が「天然的なもの」を、魔女バッシングを受けるという排除と陵辱の体験からさらに鋭く取り戻したというか、そのために捨てることがなかったからではないでしょうか。

辻：「天然的なもの」は、知的・戦略的であることと矛盾しない、彼女が体験したことは彼女の創作と全部関係しているでしょうね。

水田：そうするとやはり白石さんの詩に到達する詩人というのはなかなか、いないんじゃないかと。

## 『浮遊する母、都市』—モノローグへの転換

辻：後期の大きな仕事として『浮遊する母、都市』という詩集があります。この詩集では、白石さんがずっと関心を寄せていた難民とか亡命者とか命の問題というのが非常に濃縮された形で出てきてると思うんですよ。この詩集はすごく不思議です。まず、明快な構成の平明な詩が最初の方にあります。特に「それから雪が、こぎんの王のものがたり」という詩は、こんなにうまい詩を書ける人はそうそういないんじゃないかと思う程、言葉の超絶技巧が凝らされている。こぎん刺しを巡る、東北地方の人々の心情を哀切に歌い上げていて圧巻です。その他の詩はすごい実験的と言うか、私からすると、今までの白石さんの書き方からかなり変わってきたなっていう印象があるんですよ。この『浮遊する母、都市』は、基本的に断章形式でできています。一つの詩が幾つかの断章でできていて、断章ごとに違ったテーマがあって、何らかの

イメージで全体として緩くまとめられているというような仕方で書かれている。断章と断章の飛躍が大きいのが特徴です。

水田：この『浮遊する母、都市』では、詩の舞台がまた都市に帰って来ています。ずっといろんなところに行っていたのが、ロンドンや東京というところに、都市の現実に帰ってくることが一つ特徴で、移動＝旅が進み、放浪が再び都市を背景に展開することと、それからもう一つは白石さんはお母様がどんどん年取っていらして、そして最後の方は施設に入られる。そのお母様はバンクーバー生まれでパスポートを無くして無国籍になってしまったということがあります。亡命者や異邦人の課題は、精神的な課題ではあっても、白石さんにとっては、存在することの具体的な基本条件でもあることがよくわかります。白石さんの思考は経験を離れないのです。

辻：白石さんって基本的に今まで人に話しかけていくっていうスタイルで詩を書いていたと思うんですよ。「それから雪が、こぎんの王のものがたり」はそういうスタイルで書いてあって、すごく滑らかに一貫したテーマを歌い上げていきます。けれど、ここに来て、白石さんって、あえて自分の中に閉じこもる、モノローグ型の詩を書き始めたんじゃないかなと思うんですね。だからといって詩がわかりにくいっていうことじゃなくて、このまま読めばいいってことなんですけども、「このまま読む」という読み方を徹底しないと、読者が作品から振り落とされる詩だと思うんですね。表題作の『浮遊する母、都市』を連ごとに読んでいくと、その飛躍に驚かされるんです。最初はお母様が庭を散歩して、「ライオン・ヘッド」が見えるよ、と言う。丁度ライオンの頭みたいに見える山並み。若い頃住んでいたバンクーバーで見ていたのと似た景色が東京でも見える、と喜びをもって報告されたんだと思うんですね。まだ散歩できるくらいお母さ様が元気だった頃です。次に、武蔵野でたくさんの豚が繋がり歩いていたという表現から始まる、結婚式の場面。若い人たちが浮かれてる姿を、成金趣味的なものとして、批判的な目で見ている。「いや豚たちは明日、養鶏場／で商売の話をしあう」と書いてあるので、世界で深刻な出来事が起こり続けているのにそういうことは考えもしないで、自分たちの損得に熱中してることを不快に思っているようです。それで次にどうなるかというと、お母さんが、今まで身につけていた食事の作法を忘れてしまって、汚い食べ方をするようになったことを悲しく思うということが書いてある。次の連で、人間は浮遊する、死に近づいて現実から離れていく存在になるという感想を述べた後に、すごく唐突に、「彼は兵士になりたいと思った」っていう一行が入って、「トルコの北に春が来る頃」とあるのでクルド人の方なのかなと思ったりするんですけども、少年が自分たちは抑圧された民族だということを自覚して、兵士になりたいと願う姿が唐突に挿入されるんですね。それからまたお母さんの話になって、子供のような状態になっていることが書かれる。また唐突に、難民と思われる人たちが炊き出しを待ってる姿が描かれる。次の連、ここもすごく飛躍が大きいのですが、コンゴから女性の友人が、剥製の白い猿を買って帰ってきました、その剥製の猿は死んでいるからノミが出ないという不気味なことが書いてあります。次の連は更に不気味で、半島の一番端で狂った家族が常軌を逸したおかしな生活をしている、昨日都市が破壊されて、かろうじて片肺だけになった都市が、このカントリーに浮遊してくる、というような、小説か映画の場面のようなことが書かれる。戦争による荒廃が家族の心まで荒廃させたということでしょうか。その後またお母さんへの想いが語られ、次の連では、ギンズバーグやニキ・ド・サンファルといった白石さんが尊敬する芸術家たちが亡くなったことが書かれます。その中で、彼女の親友であった矢川澄子さんが亡くなられたことがクローズアップされます。自殺です。白石さんは自分が電話一つでもしたら彼女は死ななくて済んだかもしれないと後悔している。その次にはサッカーをやってる少年たちの元気な様子が描かれ、その直後対比するように、いろいろな人が死と隣接してゆらゆらとする浮遊しています、と語られる。お母さんが、「ライオン・ヘッド」がもう見えないという悲しげな一言が挿入されて、この浮遊する運命につける薬は、と問いかけて、締めくくられる。長くなってすみませんが、実際こういう構成の詩で、これでもだいぶ端折ってお伝えしています。根本にあるのは高齢のお母様が認知症のような状態になって生活が困難になっているという事実で、ここを基調としながら、難民の話や少年兵の話や亡くなった知人の話など一見関係のない話題をどんどん投入していった上で、命が失われたり危うくなった状態全般を「浮遊」のイメージでまとめていくんですよね。これってすごい大胆な手法じゃないですか。

水田：この詩集は彼女の晩年の思想を包括的に見せてくれるのですが、断片のつながりでできています。お母様という方は、非常に美しくてエレガントで、そして、バンクーバーの、大自然の中で、幸せな少女時代を過ごしていた方だと、白石さんは描いていて。そしてその母親のいる家族で育った子供時代というのが白石さんにとっては記憶の大きな拠点になっていると思います。それがお母さんが、日本に連れてこられて、自分だけではなく、母親も難民のような意識を持って生活をしてきたんだということがこの最後のところで非常に大きく出てきているわけですよね。自分の生まれ育ったところからアップルートされてきて、その中でお母さんがディメンションっていうのか、認知症になっていくっていうこと自体が、やっぱりその人生の軌跡の中心を形成している、ということの認識です。

白石さんは自分のことに紛れて、身近に最も難民として心を傷つけられてきた母親の心について考えなかった。そして、自分の出自としても、難民、異邦人であるという自覚が、お母さんの認知症によって強く自覚されていくのだと思います。

ここで白石さんの思考の先端性が見えるのは、浮遊しているのは難民だけではないところです。浮遊する根底で、都市自体が浮遊しているというのです。都市は近代化の象徴で、国民国家の繁栄の象徴でもあるのですが、その都市が存在の根拠である足元がぐらついて浮遊している。認知症にかかっているのは都市なのです。

田舎から、世界中の未発展地域から都市を目指して移民たちがきた時代、自国の暴力を逃れて公正な権力の保護を求めて難民としてやってきた先進国の都市は、すでに高齢化して、自分自身が分からなくなっているのです。

難民が持たないのは故国のパスポートだけではなく、近代先進国はすでにパスポートを発行できる安定した場所ではなく、難民と同様に浮遊する場となっているという白石さんの感性です。これらの詩は白石さんが、あんまり元気でなかった時代の作品でもあるんですね。お母様のことでいろいろと考え直したりしてることが多かったときだと思うんです。そういう中で、故郷を追われたり脱出したりした人々の行先には先進国の都市はなく、人間の浮遊は近代都市文明の浮遊につながっているという、どちらかというと文明批判の強い詩集になっていると思いますね。

辻：『動物詩集』のようにサクサクとは読めない。じっくり一つ一つの言葉と向き合わないと読めない詩集だと思うんです。あのリズミカルな口調も今回は封印して、白石さんの鬱屈した心情をとつとつと書いてると思うんですよ。

水田：そうですね。元気じゃない詩集なんですよね、これは。だけど、最終的にやっぱりそうやってずっとやってきた、亡命の人たちとかベドウィンの砂漠の中でも管理されていく生活を耐えている遊牧民がみんな国家にへつらわなければ生きていけなくなる、そういった時代というのをずっと見てきた後で、都市を中心とした現代文明の中で生きる者の放浪者としての普遍的な姿を描いている詩のように読めます。

辻：救いとしては、その人たちを「浮遊する」っていう言い方で慈しんでいるところでしょうね。やっぱり白石さんって優しいんだなと思いました。

水田：例えば政治亡命者のような特殊な人だけでなく誰も皆みんなアップルートされている、という感性、そういう気持ちだと思うのです。そして放浪者も皆、どこかでみんな過去のことを思ったり、過去と現在がごちゃまぜになってしまったり、過去がまだ見えていたのが見えなくなってしまったり。結局はディメンションに行くような浮遊性を持っていて、それも命の生きることの一端で、必ずしもそれを否定してネガティブなものとしては描いていないような気もするのです。

辻：お母さんの衰えている様子というのを、難民や少年兵の問題と結びつけて、普遍的な命の問題として膨らませているところ、白石さんらしさがあると感じました。

水田：アレン・ギンズバーグの、時代に流され、翻弄されて、自滅していくことを嘆く『吠える』の詩のように、矢川さんのことを嘆くんですよね。あの『男根』は矢川さんにもっと元気出せと言ってる詩ですし、矢川さんの自死には関係していた人はみんなショックを受けちゃったと思うのです。みんな生き残るためにいろんなことやってきたけど、結局は死んでしまう、滅びちゃう人もいる、というので、それに対する哀惜の気持ちが伝わって、もう胸がいっぱいになっちゃいますね。

辻：お猿さんも剥製になっちゃうわけですから。

水田：そうですね。

辻：これも悲しいことなんですよ。お猿さんの剥製の話でかなりの分量を取っていますから。やはり個別の事象を一つ一つ丁寧に書いているんですよね。お母さんのことも心を砕くし、矢川さんのことも心を砕くし、難民のこともお猿さんのことも心を砕く。一見違うテーマの複数の詩が寄り集まっているように見えますけども、「命が浮遊する」というイメージで緩く統一感を出していると思います。

水田：この時代は、白石さんがあんまり外に出なくなった時代でもあるんですね。いろんな世界を飛び回っていたというところからまた東京に落ち着くようになっているところがあると思います。

辻：あともう一つ「なんみん、三匹のキツネが通る、ローファント通り」という傑作がありますね。これもなんか、楽しくもあり悲しくもあり、で。

水田：ユーモアにあふれてる……。

辻：動物詩の中の最良の一篇じゃないですか。

水田：本当にそうですよね。動物と難民とね。例えば三匹のキツネが道を渡っていくところは、よく知られているビートルズが道路を渡っていく写真の、そういうイメージと似ているポップな感じが鮮明で良い詩ですよね。

辻：最初の連で「車庫の　くるまの上は　暖かく／腹をみせ　横たわる　キツネは」と書いてあって、動物の生態を具体的によく観察していると思うんですね。

水田：車の上で、暖かくて日向ぼっこしてるというね。

辻：車の上で寝るのは、路上で寝るより気持ち良くて安心できる。動物たちの行動の仕方をちゃんと自分の目で見ているんですよね。そういう命を見る目でもって、お母様がパスポートなくして大変な状態になっていることを書くわけです。

水田：そのパスポートなくしたっていうことも、実はお母さんは日本人なんだから、帰ってくるのにパスポートはいらないはずなんです。『ユリシーズ』でパスポートがないというのと繋がっています。動物も単なる難民なんですよ、お母さんも本質的に亡命者。そこにお母さんを繋げていくところも、非常に胸を打たれるだけでなくて、説得力があるのですね。

そこで再度後期の出発点となった『砂族』に戻りましょう。

## リヴァーサイドの衝撃

辻：戻りましょう。最初の章から読んでいくと、「手首の丘陵」という詩があり、男が手首をかくという動作から始まる。ちゃんとそういう具体的な動作があるんですよ。手の国と腕の国の間に手首の丘陵というものがあって、自由に往来ができる。自由な往来は崇高さを持つものなのだと宣言する詩ですよね。砂族のスピリットを端的にまとめていると思います。

次に砂族というアイディアを思いつく「砂族の系譜」っていう詩がありますが、水田さんは実際に白石さんがリヴァーサイドにいらっしゃった時にお会いしたんですよね?

水田：ええ、私のうちに泊まってたから。

辻：そのときのご様子はどんな感じでしたか?

水田：私の小さな子供たちと一緒に、プールで遊んで、子供たちもう大ファンになって、くっついて離れないくらいだったけれど、それと基地で会ってた女の子たち。米兵と結婚してる女の子たちのところを訪ねていくということをして。リヴァーサイドでも白石さんはいつもの日常生活のように生活していたと思うんですね。決してどこかに仮住まいしているというようではなかった。菱沼真彦さんも一緒でどこかのんびりしていた。

リヴァーサイドという名前がついている街にいるのに、そこには川がない。コロラド川の支流の大きな川が町外れを流れていたのですよ。そこは砂漠に行く入口のところで、水が枯れていて、石と砂の河原になっているのを見たことで、すごくいろんなことを考え出したんだと思います。とうとうと流れるような大きな川幅なんだけれども水がないんですよね。地下を水は流れていて、表面は石と砂のずっと続く一本の川。そういうような場所に立ち、風景に触れるという経験が新鮮で、衝撃的だったのだと思います。そこから砂漠に行こうということで、オアシスなんかも行ったのですが、カリフォルニアの砂漠は砂の下に草も生え、虫などもいて、水も出てくる、命も砂の下に包容している砂漠のイメージを現実的に経験したことで、この命のスピリットである『砂族』というイメージが、大きな宇宙軸にまでなっていく発端となったのだと思います。

**辻**：実際に砂漠を見て、『砂族』というアイディアを思いついたら、そこからどんどん言葉が溢れ出てくるんですね。

**水田**：実際に見ているんですよ。サハラ砂漠みたいな砂漠じゃないけれども、この水無川というのはね、いつからか枯れちゃったんですよ一九一一年ぐらいからと言われています。しかし下にはちゃんと水が流れて太平洋に注ぎ込んでいるという河なんです。サンキストの産地として一帯を豊かに潤してきたのですが。時が流れて命が地下に埋もれていったのです。白石さんは砂漠によく行って。やっぱりその経験に基づいてるんだと思います。

**辻**：砂族というアイディアを思いついたら即、時をまたぎ、地域をまたぎで、もうすごいことになるわけです。それだけじゃなくて、先ほど言われたみたいに水と砂の互換性、砂とはイコール水であるという大胆な断定を打ち出してくる。砂漠とは豊穣な海、緑地ではないかという風に。こういうところ、好きですね。アイディアがアイディアをどんどん呼んでいく。

**水田**：砂を見ていて、砂族やスピリットが出てくるし、砂語という呪文だって出てくるんですからね。

**辻**：砂族たちの正体が今のところ明らかではないとかって、とぼけている。ここは一種のホラ話を語る口調というか、落語みたいな面白さがあります。読者との対話を楽しんでいる感じがしますね。

次に「黄色い湖」という詩があって、砂漠の真ん中に水が黄色く見える湖があって、美味しい魚が釣れる、そこには精霊みたいなものがいるんだっていう内容。短い詩ですけどね。実際にこういう湖があったりするんですか？

**水田**：砂地、森林の中の湖というのは色がちょっと違うんですね。特に黄色っぽい、砂があって水が黄色くなっているのがあって、いわゆる湖というのとは違ったイメージがある。自分の目で見ているのですよ。

それで、世界の中のいろんな地域で、必ずしも湖がキレイに澄んで、青いかというとそういうことはないでしょう。そこの、黄色い、澱んだというところに目がいったのだと思います。

**辻**：いかにも精霊が棲みつきそうですね。次は「儀式」という詩で、これも飛躍が多い詩です。黄色い砂がライオンになって砂漠の上を舞う、ここでも動物が出てきますね。それで古代に行ったりして時間旅行を楽しむわけですけども、そうかと思うと、今度はアリ教授という方から電話があったというごく現実的な話が出てきます。ホテルの水道の水が黄色い、といったこともある。この章では、現実の出来事とスピリチュアルな出来事が混在した形で描かれています。「ブラックホールでできた胃袋」といった壮大なイメージと、蛇口をひねったら黄色い水が出たみたいな日常的なものが、渾然一体となって悠々と流れてるという感じです。

**水田**：このアリ教授が、授業をしなきゃなんないっていうので彼女が一人でいる。この詩集はやはり一人旅なんですね。誰かにくっついていってる旅じゃない、くっついていくのは砂族のそのスピリットに誘われていくわけだけど、ひとりで旅をしていくので、いろんな導入をしてくれる人がいる。アリ教授もきっと大学で詩を読めと白石さんを呼んだ方だと思うんです。そして案内をしてくれてる人だと思うから。導入部みたいなのが書かれてるんだと思いますが、それはきっかけです。

辻：そこで砂嵐にあったりして、砂っていうものの怖い面も出てきています。「太陽の大半は　砂嵐に喰われたのかも知れない」といった砂の凶暴さを示す表現ですね。この章はかなり長くて、実際に旅をする場面と、時空を超えた旅行をして超越的な時空を生み出す場面が、切り分けられないような感じで描かれていきます。このうねりのある書き方は『カヌー』の時より一層大胆です。

水田：これは『砂族』の特徴ですよね。

辻：その最後のところで、「砂煙のむこうに　わたしというスフィンクスのみえる黄色い沙漠の上に」という詩句があって、自分を「スフィンクス」として、外景として眺めるという離れ技をやってのけています。話者を現実の作者と同一視する詩ではない。水田さんが提唱されたペルソナという考え方を活用して、作者と話者と登場人物を分けて捉えているということですね。

水田：そうですね。

## 無性＝非性の世界へ

辻：その次の章は「生霊（カアー）」です。これもダイナミックな詩で、自分がクフ王時代の王として起き上がったという、壮大なホラ話をもっともらしく展開しているんですよ。すごくユーモアを感じてしまうんですけど、そういう神秘的な空間がどんな風にできてるかということを細かく書いているんですね。「わたしが　おきあがると／生霊（カア）も　おきあがる／わたしの上を舞い　わたしの中に降りる／わたし自身は／かすかな音をきいている」といった調子です。思い切り現実離れした虚構の空間の話を書いてるのに、その描写がやたらと細かいんですよ。『カヌー』の時に展開された書き方ではあるんですけど、もっと即物的に大胆にやっているのが面白いですね。即物的かと思うと一気に観念的にもなって、「その時　こちらにいる　わたしは／すでに　虚構である」、えーっ、虚構なの？　細かく具体的に書いていたのに、虚構である、と落とすんですね。ネイティブアメリカンや開拓民のホラ話みたいな雰囲気があるかな、と。

そして次の章「青空の下に少年と葬送」。深い青空の下、建物の３階から少年がこちらを覗いている、という印象的な出だしで始まります。その後さっき話題に出たんですが、神殿の中に入って、ライオンみたいな動物に自分がなってみるんですね。「そこで　神殿の庭にたつわたしは／自然動物園の　檻のない底の広場にいる動物のようである　が／わたしには牙はない　凶暴性はない　いたっておとなしい／太陽を充分浴びて　できればここで　うたたねをしたいと思っている」。動物としてののんきな気分を描いていて、私にはたまらなく面白いんですが、どうですか、こういうところ。

**水田**：これは動物園を想定しながら、しかし檻もなくて、そこでちょっとコントラストを入れてるのだと思いますね。昔ライオンは、ローマ帝国では、凶暴な闘士として使われてきた動物ですからね。そういうのがみんな重なっていて、自分はそのライオンからスフィンクスに行くわけですが。しかし凶暴じゃないんだ、もう自分みたいな人間は牙なんかないんだと。そして日向ぼっこしているんだっていうところで、幻想風景でもあるのですがちょっと面白くかつ鋭いと思うのだけど。

**辻**：超現実的な空間に一旦入ったら、そこはそこで、ある日常が営まれているっていうことですよね。

水田：そうですよね。

辻：「わたしは　神殿の中に入ったり出たりした／中庭にいったり　裏庭にいったりした／角をカールした羊神は　わたしの身内である／挨拶をしないわけにもいかない」なんていう具合に、親戚づきあいみたいなことまで書いてある。超越的な世界の神様だからといって身体がないわけじゃない。身体があれば日常生活がある。それを滔々と述べているんです。そういう平和で楽しい風景を描いた直後に、荘重な葬儀の場面が急に出てくる。この落差にも驚かされるかな。

荘重な幻想の場面の後、実際の旅の日常的な場面も書いてます。何月何日何曜日にどこに着いたとかですね。幻想と日常が併置されているのが当たり前であるかのように、悠然と書き進められていきます。

水田：やっぱり今おっしゃったように、永遠と一瞬を通して見てきた一つの時間感覚も、ここではもっと具体的な現実経験としての時として書かれてるんですよね。

辻：そうですね。次に「蝶道」っていう詩があって、アマゾンで蝶の研究をしている人の話を聞いて書いた詩かなと思うんですけど、蝶道という、ジャングルの中の蝶の通り道で、自分自身も蝶になって、その中を行ったり来たりする様が書かれています。

水田：これは白石さんは行ってらっしゃると思いますよ。アマゾンに。やはり詩を読みに行ってらっしゃると思います。

辻：そうですか。この描写も実に具体的ですよね。

水田：そうなんです。

辻：「幻が　飛んでいる／舞っていると　人間の視界にはうつるかも知れない／羽は　軽やかに　大きく／鳥の羽の／それよりも遥かに　淡く　軽ろやかなので／誰も／わたしが　重いのを　知らない」と、その状態の内も外も具体的に描いていて、神秘と日常の結びつきが実感できるようになっています。
その次に、先ほども触れた「桜吹雪く、宇宙の川べりで」という、大野一雄と翠川敬基と思われる人物とのライブパフォーマンスの詩が来て、ここは圧巻ですよね。

水田：本当にね。桜吹雪といえば日本、それもちょっと導入としてすごいですね。

辻：砂漠は水を隠し持ってるっていうのはサン＝テグジュペリの『星の王子さま』にも書かれていることですけど、ここまで深く突っ込んで書く人は今後もまず現れないでしょう。砂から始まった宇宙に川があってそこで洗濯までしちゃうわけですからね（笑）。しかも大野一雄は、結構ごっつい体格の男性なのにそれが嫋やかな少女みたいになるわけですよ。この情景を結構な行数を使って、濃密に描いていく。リヴァーサイドの砂漠の砂からすごく遠いところに来てるはずなんですけども、驚くべきことに宇宙の川べりでも砂はちゃんと砂なんですよね。

水田：やっぱりここで今まで持っていた性的なビジョン、世界を見るときの性的な視点から、変わっていることがわかります。動物とも一緒だし、性を超越してる、という言い方も適切ではないですが、しかし、男女の性ではもうなくなっているのですよ。そういうところが砂族の非常に印象的なところのような気がします。それが大野さんにつながるのですからね、ここで出てくるのが、無性というか、非性というか。

辻：「墓所がない」という言葉が繰り返されて、これはもう生も死も超越した場所にまで来ちゃうから、びっくりしちゃうんですが流れとしては自然なんです。

その次に「砂行」という詩があって、ここではサボテンになるということが書いてあります。これも砂、精霊としての砂の、化身の在り方が描かれているんでしょうね。

水田：サボテンもいいですね。砂の中で、本当に砂族スピリットの結晶みたいなところがあってね。生きているっていう。

辻：重要だなと思うのは、「わたしは　それをいきものだと思う／なぜなら　ふえつづけ　力がある　意志がある」というところです。ここに、白石さんの原点にある命あるものを大切にするっていう思想が強調されていると思うんですね。

水田：そうですね。

辻：砂だからといって単なる無機物ではない。砂は生きている、という考えだと思うんですね。それで次の章が「眼の国」いう、問題の詩です。まばたき一つせず目を見開いて、冗談も解さず、凝り固まった信仰でもって、人の情動を制限しようとする、そういう非寛容な国の様子が書いてあります。これが冒頭の自由な「手首の丘陵」と鋭く対比されるわけです。

その後に「砂時計」という、白石さんの誕生日の詩が入ります。五十歳の誕生日ですね。みんながわいわい飲み食いしながら、誕生日を祝ってくれる。その誕生日の場というのは、不思議なことにタイムトンネルみたいになっていて、未来も過去も行き来ができるんです。前の「眼の国」には厳しい状況が書いてありますけど、ここではそれを緩和するような豊かな時間の在り方を書いています。

最後の「砂の民」では、サウジアラビアから帰国した青年が、アラビアのロレンスの義眼を土産に持ってくるという詩ですね。ここでサンド・ピープルというものの二面性が描かれる。自由を希求するサンド・ピープルなのか、「眼の国」によって堕落させられて、自由を失ってしまったサンド・ピープルなのか、境目の難しさが問われてる気がします。

## 命は掘り返され、砂に包まれている

水田：これ読むといつも柄谷行人さんの遊動民論を思い出すのです。柄谷さんは、現在存在する遊牧民は、国家との関係なしには生存できないし、資本主義的売買に依存するので、交換と贈与を基盤にする古代の、本当の遊牧民を前遊牧民、前放浪民と呼んでいます。それ以前の本当の遊動民、本当の砂族があったんじゃないかということを『遊動民』という本の中で論じているのですが、白石さんは非常に鋭く、支配体制に取り込まれていく運命の砂族の持っている批判的な目というものを捉えてるのだと感じますね。

辻：水田さんは、この最後の「寡黙なサンド・ピープルの心は／砂を主食とし／空漠の禅を知る」以下の一連の行を、「ここでは砂は明らかに女性の身体である」、と御著書で書かれてらっしゃいますよね。「すべてをからにして明るい砂漠の抱擁する身体へ、いのちを産み、看取る永遠の受皿であり、器である女性の空間は、時間と場所を超えたいのちの営みを、『悠久なるもの』として抱擁し続ける魂の場所として顕現化される」。これ非常に見事な『砂族』に対する批評だと思います。ここで水田さんにお聞きしたいのですが、白石さんはそういう母性というものを表現する際に、なぜ砂なのか。普通女性の体とか、生命や魂を表現するときに、海にたとえるというのが定番だと思うんですよ。女性の詩の雑誌の「ラ・メール」も海ですからね。でも海じゃなくてサラサラ流れる砂にしたのはなぜだと思います？

水田：「ラ・メール」は、母という意味も込めているくらいだから、生命の生れる場としての海はどこかで手垢がついてるんですよ。そこから新たなコンセプトが出来にくい気がするのです。私はこのラ・メールの持ってる意味を吉原幸子論でも扱わなかった。海も母も、制度外を生きようとする女性の感性も思考もなかなか刺激しないのです。既存のものに取り込まれちゃうんですね。でも砂は全く違います。白石さんの砂は、暴力性もある。死体を砂に埋めてしまうこともある。砂漠を掘れば生き物の死骸や命の終焉の印など、何が出てくるか分からない。砂は命も文明も取り込んでしまうのですが、同時に砂は傷を癒す場でもあることは、その底を流れ続ける水のあることで明らかです。砂の持っている包容力・浄化力が白石さんが、自分がアイデンティファイできるものとしてあるのだと思います。命の全てを抱擁して下に沈めながらもそこに生命を続けさせてもいる砂地というところに、やはり女性の母胎のようなものを感じているのじゃないかと私は思うのです。白石さんが砂に憧れるのは、男と女の性という生命をつくる性的なものが、男女の性を超えている時点に命の存在を見て、至りついているからだと思います。男根の性器から出てきていたのではない砂が、生命を歴史の長い時間、記憶の奥底で包容し、保ち続けているという思考に、白石さんは強く反応したのではないかと私は思っているのです。

実際砂漠に行くと、そこには命が多くいるのです。そこが生きる場所である民族もいますし、そこに隠れている亡命者もいる。砂漠は命にとって、国家権力の治外法権領域なのです。

だからこそ、世界の歴史をさかのぼっていろんなものがそこには埋まっているけれども、結局、砂はサラサラになって、もう生命があるかないかのところまでいっていて、乾いて小石よりももっと小さくて、本当に生命の否定のところまでいき、そこで、その生命を持続させていくというところに、母胎に似た命の根源と命を守る実態を見出しているのではないでしょうか。そうすると砂族の存在がとても意味深く感じられます。あのように住みにくい劣悪な環境の中で生き抜く命、古代の文明を砂が埋めただけではなく、埋めて存続させてきたのは砂という場＝母胎、あらゆる命をずっと覆って守ってきたという思考ではないかと。その命は記憶でもあるのですが、白石さんのいうスピリットです。母性というのは観念的で抽象的です。でも母胎は具体的で、場なのです。命が生まれ帰る場、一休みする場でもあります。

辻：素晴らしいお考えです。いやあ、母性というものをですね、もう一度新しく考え直す時に、白石さんの砂っていう概念は使えるんじゃないかって思いました。

水田：白石さんは確かにサラサラになって物体ではなくなっちゃってからでも、下に深く命も文明もそれら遺品も抱えて、そして次のものにつなげているということを感じていたと思います。「未来に戻る」というフレーズは過去も包容してるけれど、未来に突き抜けていく、根源に「戻る」ものとしてあるという思想です。

辻：女性の思想というものを検討する上で、白石さんの砂というのは、今後援用すべき概念じゃないかなと思います。

水田：そうですね。砂というのは本当に新しい概念だと思いますね。

辻：『砂族』を称賛する人は多いかもしれないですけど、砂というものの特性が母性というものの再定義に繋がるって示唆した人は多分いないと思うんですよ。男性権力に従属しない砂としての母性。

水田：その女性の身体、性とは何かという考えにも挑戦しているように思います。性的関係だけがいのちの出発点ではなく、命は掘り返され、思い出され、砂に包まれていくのだ、と。

辻：はい、その通りだと思います。

水田：『砂族』をこんなに詳しく読んだ人はいないと思うのですが、全体像と具体性、断片と物語性や宇宙論とか矛盾しているものが一つになっていって、白石さんの思想を作っているという、そのやり方、語り方というのがよくわかり、その妙味を堪能したような気がします。

第三回対談終わり

# 終わりに

この対談集の初校ゲラを出版社に送ったときに、白石かずこさんの訃報に接した。私も、そして辻和人さんにとってもショックは大変大きかった。白石さんに読んでいただけたらどんなに嬉しかっただろうか、という思いが募るばかりの日々となってしまった。白石さんは尊敬する偉大な詩人であり、私にとっては長年の友人でもあって、戦後の時代を生きた同志的存在でもあった。今はただ悲しい気持ちでいっぱいである。

辻和人さんという良き対談の相手を得て、三回にわたって長時間、白石かずこさんの作品を読み、話し合う機会を持つことができたのは、本当に幸せだった。はじめは個人的な対談を考えていたのだが、（社）国際メディア・女性文化研究所の国際フォーラムの企画に入れてもらうことになって、実際の対談は一般の参加者、多くの海外の研究者や詩人、翻訳者を交えての、公開の対談となった。また毎回、コーディネーターとして詩人の青木由弥子、高野尭、宗近真一郎、渡辺めぐみ、渡邊みえこさんたちが参加してくださり、研究所の研究員も加わって活発な意見交換の場ともなった。

三回目の対談の後の締めくくりがないままの印象を与える感じとなったのは、白石さんはこれからも詩集を出されると思っていて、その詩業の総まとめは対談後の、まだ先のことだと感じていたからなのだと思う。

今はただ、この対談が白石さんのいのちの終わりと重なったことに深い感慨を覚えながら、心からご冥福をお祈りしたいと思う。最後まで献身的な菱沼真彦さん、そして幼い頃から白石さんのもっとも深い理解者であり、応援者でもあった白石由子さんと共に日常を過ごされた白石さんの愛情に満ちた姿を思い浮かべて、安堵の気持ちでいっぱいである。最後にお目にかかったのは二〇二三年であったが、濃いピンクのセーターを着て、いつもと変わらぬバラの花のようなはでやかなオーラが感じられた。ソファに座って、二〇年近く前に結婚式で詩を朗読してくださった私の娘のことや、一緒に伺った末の息子に近況を色々と訪ねて下さった。かずこさんがリヴァーサイドの私の家にいらした時、その息子はまだ幼児と言っていい子供だったのである。そして、その場で詩を書いて私にくださった。その前にお会いしたのは、その一年前だったが、その時は由子さんも来ていらして、大変熱心に、そして闊達にヴァンクーヴァーの生まれ育った家とその近所の住宅街について、お母様について、話していられた。由子さんも真彦さんもストロベリーショートケーキを一緒にいただきながら、『聖なる淫者の季節』に描かれるかずこさんの友人たちについてたくさんのお話を聞かせてくださった。かずこさんは幼い頃から喘息を持っていて、必ずしも丈夫な身体の方ではなかったが、いつでも決して弱々しい感じや暗い様子がなく、その時も静養中とは到底思えなかった。由子さんの言われるように、白石かずこさんはいのちの最後の一滴まで味わい尽した詩人だと思う。国際的にも比類のない偉大な詩人の、その生き方の輝きを、世界の若い詩人、読者が愛し、継承していくことは間違いないと思うと、これからも白石さんは生き続けて、「未来へ戻って」行き続けるだろうと感謝の気持ちでいっぱいである。

出版を引き受けて下さった七月堂の知念明子さん、最初の段階で原稿を読んでくださった編集者の阿部晴政さん、そしてコオーディネイターとして貴重なご意見をくださった方々に心から感謝したいと思う。また、対談企画の実施のために様々な労をとってくださった研究所の皆様にもお礼を申し上げたい。コメンテイターのご意見も含めた対談の記録は、研究所のジャーナル『比較メディア・女性文化研究』の vol. 8, 9 に掲載されている。

二〇二四年六月

水田宗子

# 白石かずこの詩を読む
## 読み手のジェンダーと詩の解釈

発　行　二〇二四年十月二十日
著　者　水田　宗子
　　　　辻　和人
発行者　後藤　聖子
発行所　七　月　堂
東京都世田谷区豪徳寺一―二―七
電　話〇三（六八〇四）四七八八
FAX〇三（六八〇四）四七八七
印刷　タイヨー美術印刷
製本　あいずみ製本所
©Noriko Mizuta, Kazuto Tsuji 2024 Printed in Japan
ISBN 978-4-87944-584-1 C0095
落丁・乱丁本はお取り替えいたします。